Arthur Conan Doyle

ELEMENTAL, WATSON

Colección del
MiRADOR

Los contenidos de las secciones que integran esta obra han sido
elaborados por las profesoras Marcela Groppo y Adriana Imperatore

Traducciones de Horacio Guido y Valeria Joubert

Gerente de ediciones: *Daniel Arroyo*
Jefe del Departamento de Arte y Diseño: *Lucas Frontera Schällibaum*
Coordinadora de imágenes y archivo: *Samanta Méndez Galfaso*
Tratamiento de imágenes y documentación: *Máximo Giménez, Tania
Meyer, Pamela Donnadio*
Imagen de tapa: *Archivo Puerto de Palos*
Correctora: *Silvia Tombesi*
Gerente de Diseño y Producción Editorial: *Carlos Rodríguez*

Doyle, Arthur Conan
    Elemental, Watson. – 1° ed. 4° reimp. – San Isidro: Cántaro, 2012.
    128 p.; 19 x 14 cm

    ISBN 978-950-753-074-6

    1. Narrativa Inglesa. I. Título
CDD 823

© Editorial Puerto de Palos S. A., 2001.
Editorial Puerto de Palos S. A. forma parte del Grupo Macmillan.
Avda. Blanco Encalada 104, San Isidro, provincia de Buenos Aires, Argentina.
Internet: www.puertodepalos.com.ar
Queda hecho el depósito que marca la Ley 11.723.
Impreso en Argentina - Printed in Argentina
ISBN 978-950-753-074-6

Colección del
MiRADOR

Colección Del Mirador
Literatura para una nueva escuela

Estimular la lectura literaria, en nuestros días, implica presentar una adecuada selección de obras y estrategias lectoras que nos permitan abrir los cerrojos con que, muchas veces, guardamos nuestra capacidad de aprender.

Lo original de nuestra propuesta, no dudamos en asegurarlo, es, precisamente, la arquitectura didáctica que se ha levantado alrededor de textos literarios de hoy y de siempre, vinculados a nuestros alumnos y a sus vidas. Nuestro objetivo es lograr que "funcione" la literatura en el aula. Seguramente, en algún caso lo habremos alcanzado mejor que en otro, pero en todos nos hemos esforzado por conseguirlo.

Cada volumen de la **Colección Del Mirador** es producido en función de facilitar el abordaje de una obra o un aspecto de lo literario desde distintas perspectivas.

La sección **Puertas de acceso** busca ofrecer estudios preliminares que sean atractivos para los alumnos, con el fin de que estos sean conducidos significativamente al acopio de la información contextual necesaria para iniciar, con comodidad, la lectura.

La obra muestra una versión cuidada del texto y notas al pie de página que facilitan su comprensión.

Leer, saber leer y enseñar a saber leer son expresiones que guiaron nuestras reflexiones y nos acercaron a los resultados presentes en la sección **Manos a la obra**. En ella intentamos cumplir con las expectativas temáticas, discursivas, lingüísticas y estilísticas del proceso lector de cada uno, apuntando a la archilectura y a los elementos de diferenciación de los receptores. Hemos agregado actividades de literatura comparada, de literatura relacionada con otras artes y con otros discursos, junto con trabajos de taller de escritura, pensando que las propuestas deben consistir siempre en un "tirar del hilo", como un estímulo para la tarea.

En el **Cuarto de herramientas** proponemos otro tipo de información, más vivencial o emotiva, sobre el autor y su entorno. Para ello incluimos material gráfico y documental, y diversos tipos de texto, con una bibliografía comentada para el alumno.

La presente **Colección** intenta tener una mirada distinta sobre qué ofrecerles a los jóvenes de hoy. Su marco de referencia está en las nuevas orientaciones que señala la reforma educativa en práctica. Su punto de partida y de llegada consiste en incrementar las competencias lingüística y comunicativa de los chicos y, en lo posible, inculcarles amor por la literatura y por sus creadores, sin barreras de ningún tipo.

Puertas
de
acceso

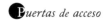

Tras las huellas del policial

Los relatos policiales, hoy tan conocidos por los lectores y tan frecuentes en el cine y en la televisión, comenzaron a escribirse en la primera mitad del siglo XIX. En aquella época, el autor estadounidense Edgar Alan Poe (1809-1849) creó el personaje de Auguste Dupin, un aristócrata francés a quien le apasionaba develar casos misteriosos. Con este personaje como protagonista, escribió los cuentos que darían nacimiento al género policial: "Los crímenes de la calle Morgue", "La carta robada" y "El misterio de Marie Roget". Lo que no sabía Poe era que, con su sagaz detective, iniciaba una larga serie de investigadores, policías retirados y aficionados que poblarían novelas y cuentos policiales de gran éxito editorial.

La importancia que habían adquirido la prensa y las publicaciones periódicas alentó el desarrollo de los relatos policiales, que aparecían por entregas en números sucesivos. La historia se iba narrando por capítulos y, como quedaba inconclusa, generaba expectativas y mantenía el interés de los lectores, que corrían a comprar la siguiente publicación para conocer el desenlace de la trama.

Dos escritores ingleses, Arthur Conan Doyle (1859-1930) y Gilbert Keith Chesterton (1874-1936), llevaron el género a su esplendor y dieron vida a detectives que alcanzaron más fama que sus creadores. Tanto Sherlock Holmes como el padre Brown sobrevivieron a sus autores, ya que, luego de su muerte, los prestigiosos detectives fueron recreados por otros escritores que los incluyeron en sus propias historias.

Un crimen y tres personajes

Las historias policiales comienzan con un asesinato o un robo misteriosos que deben ser investigados. Y tres serán los personajes que no pueden faltar en estos relatos:

• un culpable del delito que ha dejado muy pocas huellas que lo delaten;

- una víctima del crimen;
- un detective inteligente y sagaz que debe averiguar quién es el culpable y por qué cometió el delito.

Por lo general, el investigador privado aparece en escena para realizar el trabajo que la policía no pudo cumplir. El crimen presenta numerosos interrogantes a los que la institución policial no puede responder; solamente el detective, perspicaz y observador, posee una extraordinaria capacidad deductiva para relacionar e interpretar las pistas o las huellas que ha dejado el criminal y puede resolver el caso.

¿De dónde obtiene información el investigador? De la escena del crimen y de los aportes de otros personajes próximos a los hechos o testigos de ellos que brindan su testimonio. Casi todos los personajes del relato resultan sospechosos ante la mirada del detective; y el culpable, seguramente, será el que parecía más inofensivo.

A mi juego me llamaron

La escena del crimen es presentada como un lugar plagado de indicios, a partir de los cuales puede descubrirse cómo se cometió el delito y quién es el culpable. Pisadas, restos de una carta, un cabello, el modo en que quedaron objetos y muebles luego de cometido el delito son los indicios que, aunque están a la vista, casi nadie ve. El detective aparece para armar la trama de la historia que desembocó en el crimen; y puede hacerlo a partir de esos rastros que son insignificantes para el resto de los personajes, incluso para la policía.

Se establece, entonces, una lucha entre el criminal, que trata de no dejar huellas, y el detective, que tendrá que descifrarlas: el culpable debe ser muy hábil como para no dejar pistas que lo delaten y el detective tiene que superar esa habilidad para poder descifrar el enigma con los pocos indicios de que dispone. Pero en este enfrentamiento, aunque no figure en la historia narrada, hay otro participante que compite con el investigador: el lector.

Los relatos policiales atrapan a los lectores porque les proponen un

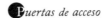

juego. Los desafían para que resuelvan el caso criminal antes de que el detective lo haga y, así, demuestren que son más inteligentes y sagaces que el protagonista.

La venganza de Sherlock Holmes

Arthur Conan Doyle, el autor de los cuentos que incluimos en este volumen, estudió medicina; pero abandonó su profesión para convertirse en escritor.

Hacia 1889, en su novela *Estudio en escarlata*, creó un personaje de ficción que le depararía la fama y el éxito económico. Sin embargo, el autor aspiraba a escribir novelas históricas, porque pensaba que eran literatura más seria y elevada que los relatos policiales. Fue entonces cuando decidió acabar con su personaje en la última de las aventuras de *Las memorias de Sherlock Holmes*, en 1891. Imaginó un cuento en el que el investigador caía en unos saltos de agua en Alemania, a raíz de un enfrentamiento con su archienemigo, el profesor Moriarty.

Conan Doyle no podía suponer que el sagaz detective, de quien deseaba desprenderse, era más querido y reconocido que él mismo, y que los lectores reclamarían por su vida. Miles de cartas de personas indignadas con la suerte que había corrido Sherlock Holmes le mostraron inmediatamente al escritor el error que había cometido.

La reacción del público indicaba que el personaje había adquirido vida propia y que su creador ya no tenía derecho a eliminarlo. Hasta su madre intercedió por el pobre Sherlock y, finalmente, el escritor decidió revivirlo. En la siguiente historia, se explicaba que el detective no había caído al abismo y que había logrado salvar su vida. Watson, el fiel amigo del investigador, se había equivocado al contar lo que había visto. Sus ojos no le habían permitido observar todo lo que sucedía más allá de la pendiente de la costa.

Luego de su reaparición, el personaje participó de un gran número de aventuras hasta que, en 1904, el escritor decidió que Holmes se refugiara en una granja para dedicarse a producir miel, y ya no escribió historias detectivescas que lo incluyeran como protagonista.

Un personaje de ficción, considerado real

Ya mencionamos que la gente estimaba a Sherlock Holmes no como a un ser de ficción, sino como a un hombre de carne y huesos. Tal vez la minuciosidad con que se describe al personaje en el conjunto de los relatos provocó que los lectores imaginaran que el ilustre investigador podría existir en Londres, en el "mundo real".

Conan Doyle creó su personaje con rasgos físicos, intelectuales y morales muy precisos; imaginó sus gustos y su vestimenta; le inventó una dirección. Sherlock Holmes vivía, en la ficción, en el 221B Baker Street, en la ciudad de Londres. En la realidad, en esa dirección funciona, desde 1932, un banco, el Abbey National Bank, y llegan allí semanalmente gran cantidad de cartas destinadas al detective; es decir que los lectores intentan comunicarse con el personaje como si fuera un ser real. Para no romper con la ilusión de los lectores que le escriben a un ser de ficción, una supuesta secretaria contesta los mensajes y les dice: "El señor Holmes le agradece su carta; en la actualidad está retirado en Sussex, donde se dedica a la apicultura"[1].

Las descripciones

El realismo con que Conan Doyle construye el mundo de Sherlock Holmes probablemente haya colaborado para que se considere al personaje como un hombre del universo del lector. Basta con citar el comienzo del cuento "El carbunclo azul", donde se mencionan algunos de los objetos de la casa:

> *Con la intención de saludarlo en ocasión de las fiestas, toqué el timbre en la casa de mi amigo Sherlock Holmes una mañana, dos días después de Navidad. Estaba recostado en el sofá, envuelto en una bata de color morado. Tenía, al alcance de la mano dere-*

---

[1] "A 95 años del 'retiro' de Sherlock Holmes". *Clarín*, 2 de agosto de 1999.

cha, una provisión de pipas y una pila de periódicos matutinos arrugados, que evidentemente recién terminaba de estudiar. Junto al diván había una silla de madera y, de un ángulo del respaldo, colgaba un sombrero de fieltro maltrecho y muy raído, sumamente desgastado por el uso, y roto en varias partes. Una lupa y unas pinzas apoyadas sobre el asiento de la silla sugerían que el sombrero había sido suspendido de ellas a fin de ser examinado.

Aparecen aquí algunos de los muebles de la sala principal y se hace referencia a ciertas herramientas de trabajo, la vestimenta de entrecasa y el hábito de fumar en pipa. Si el lector recorre las distintas aventuras que vivió el investigador, puede ir reconstruyendo, con precisión, las virtudes y defectos del protagonista, sus gustos, sus hábitos, su carácter, sus habilidades e, incluso, todos los rincones de su vivienda.

Las descripciones son hasta tal punto detalladas que no solamente dieron vida a un ser de ficción, sino que posibilitaron una reconstrucción, en la realidad, de la vivienda imaginada en las historias. En Baker Street, desde 1990, funciona el Museo Sherlock Holmes, en una casa próxima al Banco antes mencionado. Allí se ha recreado el mundo del detective a partir de los datos diseminados por los distintos relatos. Pueden recorrerse la escalera de entrada que comunica con el primer piso, el despacho donde se reunían Holmes y Watson y la habitación del detective. En cada uno de los lugares se acumulan objetos, periódicos, fotografías y libros relacionados con las historias.

Elemental, Watson

No es posible imaginar a Sherlock Holmes sin la compañía de su fiel amigo, John Watson, que constantemente se sorprende con la capacidad del infalible detective. La habilidad de uno y la inocencia del otro producen diálogos que divierten al lector.

La genialidad de Holmes consiste en deducir, de los datos más insignificantes, toda una historia. Un ejemplo puede encontrarse en "El carbunclo azul", donde, a propósito de un sombrero, se desarrolla la siguiente conversación.

—*Acá está mi lupa. Usted conoce mis métodos. ¿Qué puede deducir por usted mismo de la personalidad del hombre que usaba este artículo?*

Tomé el harapiento objeto entre mis manos y lo di vuelta muy a mi pesar. Era un sombrero negro muy común, de típica forma redonda y sumamente gastado por el uso. El forro había sido alguna vez de seda roja, pero estaba considerablemente descolorido. No llevaba el nombre del fabricante; pero, como Holmes había observado, las iniciales "H.B." estaban bordadas en un costado. Tenía perforaciones en los bordes para pasarle un elástico, pero este se había perdido. En cuanto al resto, estaba roto, lleno de polvo y manchado en varios lugares, aunque parecía que se había intentado tapar con tinta los descoloridos lunares.

—*No veo nada* —*dije, devolviéndoselo a mi amigo.*

—*Por el contrario, Watson, lo ve todo. Donde fracasa, sin embargo, es al sacar conclusiones sobre lo que ve. Es demasiado apocado cuando se trata de formular deducciones.*

—*Entonces le ruego que me diga qué puede usted inferir de este sombrero.*

Lo tomó y lo miró con esa expresión de concentración que era tan característica en él.

—*Tal vez es menos sugestivo de lo que podría haber sido* —*observó*— *y, aun así, hay unas pocas conclusiones que son muy claras y otras tantas que tienen, al menos, la fuerza de la probabilidad. Es obvio, desde ya, por el aspecto de esto, que el hombre era un intelectual y, también, que estuvo indudablemente en una buena posición económica en algún momento de los últimos tres años, aunque actualmente la haya perdido. Fue previsor en su época de abundancia, pero ahora ya no lo es tanto, lo que señala una regresión moral que, junto con la declinación de su fortuna, parece indicar la presencia de algún vicio, la bebida probablemente, que ha influido negativamente sobre él. Esto podría también explicar el hecho evidente de que su mujer ha*

dejado de amarlo.

—¡Mi querido Holmes!

—Conservó, sin embargo, algún grado de respeto por sí mismo —continuó, sin hacer caso de mi interrupción—. Es un hombre que lleva una vida sedentaria, sale poco, no se encuentra físicamente en buena forma, es de mediana edad y tiene cabello entrecano, que se ha cortado hace unos pocos días y que peina con fijador. Estos son los hechos más evidentes que pueden deducirse de su sombrero. También, dicho sea de paso, es en extremo improbable que tenga instalación de gas en su casa.

¿Quién no se sentiría apabullado ante deducciones tan precisas? Frente a una aptitud de esa naturaleza, el pobre Watson sólo puede responder con asombro. El lector, tan sorprendido como Watson, correrá a las siguientes páginas para enterarse de los pasos que siguió el detective para llegar a las conclusiones expuestas. Y Holmes, luego de explicar extensamente sus razonamientos, a menudo se burlará de la inocencia de su querido amigo con la famosa frase: "Elemental, Watson".

De la medicina a la investigación criminal

Estos dos personajes, tan particulares y tan estimados por los lectores, fueron inspirados por individuos que Arthur Conan Doyle conoció en su época de estudiante.

El amigo del investigador fue creado a partir de la figura de un importante médico de Portsmouth, llamado James Watson. Y el aspecto físico y las habilidades de Sherlock Holmes provienen de un profesor de medicina de la Universidad de Edimburgo, donde estudió Conan Doyle. Su nombre era Joseph Bell y su fama se debía a la precisión con que diagnosticaba las enfermedades. El escritor argentino Rodolfo Walsh recrea una anécdota de aquel médico habilidoso y dice[2]:

---

[2] Walsh, Rodolfo. "Vuelve Sherlock Holmes! (La resurrección literaria más sensacional del siglo)", en *Cuento para tahúres y otros relatos*. Buenos Aires, Puntosur, 1987.

La seguridad de sus diagnósticos era famosa. Pero Bell no se contentaba con eso. Le gustaba deducir la profesión, el origen, las costumbres de sus pacientes, sin otra guía que la observación.

—Hay que usar los ojos y la cabeza —recomendaba a sus alumnos.

Y a continuación, realizaba una demostración práctica.

—Este hombre —decía, refiriéndose a un paciente a quien veía por primera vez— es un zapatero zurdo.

Asombro entre sus discípulos. El doctor sonreía.

—Sus pantalones —explicaba— están raídos en los lugares donde el zapatero se apoya en su banco de trabajo. El lado derecho está más gastado que el izquierdo, porque usa la mano izquierda para clavetear el cuero.

Tenemos aquí un eco anticipado de aquellas "salidas" de Holmes que hicieron las delicias del público.

El doctor Bell era muy delgado, nervioso, de nariz aguileña, rasgos afilados, ojos penetrantes. Estas características físicas las encontraremos en Holmes.

Pero, por encima de todas las cosas, hallamos en Holmes los métodos científicos del doctor Bell aplicados a la investigación criminal. Sherlock Holmes estudia un problema con la precisión, con la minuciosidad con que el doctor Bell sigue el desarrollo de la enfermedad de un paciente.

No hay duda de que existen, en el mundo real, personajes muy atractivos; pero no cualquier escritor logra aprovechar los modelos de la realidad para inventar un protagonista de la talla de Sherlock Holmes. El escritor fue capaz de trasladar el ingenio de un médico para interpretar los síntomas de los pacientes, a un investigador que sería capaz de reconocer, en la pista más insignificante, la identidad del culpable.

❖

SHERLOCK HOLMES

Arthur Conan Doyle

ELEMENTAL, WATSON

LA AVENTURA DEL CARBUNCLO AZUL

Traducción de Valeria Joubert

Título original: *The Adventure of the Blue Carbuncle.*
Publicado en el periódico "The Strand", entre 1891 y 1892.

Con la intención de saludarlo en ocasión de las fiestas, toqué el timbre en la casa de mi amigo Sherlock Holmes una mañana, dos días después de Navidad. Estaba recostado en el sofá, envuelto en una bata de color morado. Tenía, al alcance de la mano derecha, una provisión de pipas y una pila de periódicos matutinos arrugados, que evidentemente recién terminaba de estudiar. Junto al diván había una silla de madera y, de un ángulo del respaldo, colgaba un sombrero de fieltro maltrecho y muy raído, sumamente desgastado por el uso, y roto en varias partes. Una lupa y unas pinzas apoyadas sobre el asiento de la silla sugerían que el sombrero había sido suspendido de ellas a fin de ser examinado.

–Está ocupado –dije–, tal vez lo estoy interrumpiendo.

–Para nada. Me alegra tener un amigo con quien poder compartir mis conclusiones. Se trata de un asunto absolutamente trivial –dijo, apuntando con el dedo pulgar hacia donde estaba el viejo sombrero–, pero hay algunos puntos conectados con este objeto que no están en absoluto desprovistos de interés y que hasta podrían reportar alguna utilidad.

Me senté en un sillón y me calenté las manos frente al fuego que chisporroteaba, pues hacía un frío penetrante y las ventanas estaban cubiertas de escarcha.

–Supongo –observé– que por simple que parezca, debe de haber alguna historia siniestra relacionada con ese objeto. Se trata, seguramente, de una pista que lo guiará hasta la revelación de algún misterio y al castigo de algún crimen.

—No, no. No existe tal crimen —dijo Sherlock Holmes, riendo—. Es solamente uno de esos azarosos incidentes que se producen cuando hay cuatro millones de seres humanos abriéndose paso a empujones en un espacio de apenas unos kilómetros cuadrados. Entre las acciones y reacciones de un enjambre tan denso de personas, cabe esperar que se produzcan todas las combinaciones posibles de acontecimientos, y muchos problemas pequeños nos parecerán sorprendentes y extraños, sin que se los pueda considerar como delictivos. Ya hemos tenido experiencias de este tipo.

—Tantas, que de los últimos seis casos que incorporé a mis apuntes —comenté—, en tres no se había cometido ningún crimen, legalmente hablando.

—Exactamente. Se refiere a mi intento por recuperar los papeles de Irene Adler, al singular caso de la señorita Mary Shuterland y a la aventura del hombre del labio deformado. Bien, no tengo dudas de que este caso menor irá a parar en la misma categoría inocente. ¿Conoce a Peterson, el portero?

—Sí.

—Este trofeo le pertenece.

—Es su sombrero.

—No, no. Lo encontró. Su dueño es un desconocido. Le ruego que no lo considere como un estropeado sombrero con forma de hongo, sino como un problema intelectual. Y, en primer lugar, veamos cómo llegó hasta aquí. Llegó el día de Navidad, por la mañana, en compañía de un ganso bien engordado que, en este momento, debe estar asándose en la cocina de Peterson. Los hechos son los siguientes: hacia las cuatro de la mañana del día de Navidad, Peterson, que es un hombre muy honrado, como usted sabe, estaba volviendo a casa de algún festejo por Tottenham Court Road. Frente a él vio, bajo la luz de las lámparas de gas, a un hombre bastante alto que caminaba con paso ligero y llevaba un ganso blanco sobre el hombro. Cuando llegó a la esquina de Goodge Street, estalló una disputa entre este desconocido y una banda de matones. Uno de ellos hizo saltar, a fuerza de golpes, el sombrero del hombre, quien a su vez alzó su bastón para defenderse y, agitándolo por encima de su cabeza, hizo añicos la vidriera que estaba detrás de él. Peterson avanzó precipitadamente para proteger al desconocido de sus atacantes, pero el hombre, sobresaltado por haber roto la vidriera y al ver que se lanzaba hacia él alguien a quien tomó por funcionario a causa del uniforme que llevaba, dejó caer el ganso, echó a correr y desapareció en medio del laberinto de callejuelas que se encuentran detrás de Tottenham Court Road. Los matones también huyeron ante la aparición de Peterson, por lo que este quedó en posesión del campo de batalla y, también, del botín de la victoria, que en esta ocasión consistió en un sombrero destrozado y un impecable ganso de Navidad.

–Que seguramente devolvió a su dueño.

–Mi querido amigo, allí reside el problema. Es cierto que en la tarjetita que estaba atada a la pata derecha del ave decía "Para mi esposa. Henry Baker", y también es cierto que las iniciales "H.B." pueden leerse en el forro del sombrero; pero como hay miles de Baker y cientos de Henry Baker en nuestra ciudad, no es fácil devolver un objeto que se le ha perdido a uno de ellos.

–¿Qué hizo, pues, Peterson?

–Me trajo directamente el sombrero y el ganso la mañana de Navidad, puesto que sabe, positivamente, que aun los problemas más pequeños tienen interés para mí. Guardamos el ganso hasta esta mañana, cuando, a pesar de este frío terrible, comenzó a dar señales de que lo mejor sería comerlo sin esperar más. Su descubridor se lo llevó, por consiguiente, para dar cumplimiento al destino último del ganso, mientras yo me he quedado con el sombrero del desconocido caballero que perdió su cena de Navidad.

–¿No publicó ningún aviso?

–No.

–¿Qué pista puede tener entonces de su identidad?

–Tantas como podamos deducir.

–¿De su sombrero?

–Exactamente.

–Está bromeando. ¿Qué puede inferir de este viejo fieltro maltrecho?

—Acá está mi lupa. Usted conoce mis métodos. ¿Qué puede deducir por usted mismo de la personalidad del hombre que usaba este artículo?

Tomé el harapiento objeto entre mis manos y lo di vuelta muy a mi pesar. Era un sombrero negro muy común, de típica forma redonda y sumamente gastado por el uso. El forro había sido alguna vez de seda roja, pero estaba considerablemente descolorido. No llevaba el nombre del fabricante; pero, como Holmes había observado, las iniciales "H.B." estaban bordadas en un costado. Tenía perforaciones en los bordes para pasarle un elástico, pero este se había perdido. En cuanto al resto, estaba roto, lleno de polvo y manchado en varios lugares, aunque parecía que se había intentado tapar con tinta los descoloridos lunares.

—No veo nada —dije, devolviéndoselo a mi amigo.

—Por el contrario, Watson, lo ve todo. Donde fracasa, sin embargo, es al sacar conclusiones sobre lo que ve. Es demasiado apocado cuando se trata de formular deducciones.

—Entonces le ruego que me diga qué puede usted inferir de este sombrero.

Lo tomó y lo miró con esa expresión de concentración que era tan característica en él.

—Tal vez es menos sugestivo de lo que podría haber sido —observó— y, aun así, hay unas pocas conclusiones que son muy claras y otras tantas que tienen, al menos, la fuerza de la probabilidad. Es obvio, desde ya, por el aspecto de esto, que el hombre era un intelectual y, también, que estuvo indudablemente en una buena posición económica en algún momento de los últimos tres años, aunque actualmente la haya perdido. Fue previsor en su época de abundancia, pero ahora ya no lo es tanto, lo que señala una regresión moral que, junto con la declinación de su fortuna, parece indicar la presencia de algún vicio, la bebida probablemente, que ha influido negativamente sobre él. Esto podría también explicar el hecho evidente de que su mujer ha dejado de amarlo.

—¡Mi querido Holmes!

—Conservó, sin embargo, algún grado de respeto por sí mismo —continuó, sin hacer caso de mi interrupción—. Es un hombre que lleva una vida sedentaria, sale poco, no se encuentra físicamente en buena forma, es de mediana edad y tiene cabello entrecano, que se ha cortado hace unos pocos días y que peina con fijador. Estos son los hechos más evidentes que pueden deducirse de su sombrero. También, dicho sea de paso, es en extremo improbable que tenga instalación de gas en su casa.

–Está bromeando seguramente, Holmes.

–De ninguna manera. ¿Es posible que aun ahora, después de haberle dado estos resultados, no sea usted capaz de ver cómo he llegado hasta ellos?

–No tengo dudas de que soy muy estúpido, pero debo confesar que soy incapaz de seguirlo. Por ejemplo, ¿cómo hizo para deducir que este hombre era un intelectual?

A modo de respuesta, Holmes se puso el sombrero, que se le deslizó hasta la frente y quedó apoyado en el puente de su nariz.

–Es una cuestión de tamaño –dijo–. Un hombre con una cabeza tan grande debe tener algo adentro[1].

–¿Y la pérdida de su fortuna?

–Este sombrero tiene tres años. El ala aplastada y torcida en el borde estaba de moda en aquel entonces. Este es un sombrero de muy buena calidad. Mire la cinta de seda ribeteada y el excelente forro. Si un hombre pudo comprarse un sombrero tan caro hace tres años y desde entonces no se compró otro, es porque, seguramente, ha sufrido un revés económico.

–Bueno, eso es bastante claro, por cierto. ¿Pero qué me dice acerca de ser precavido y de la regresión moral?

Sherlock Holmes rió.

–Aquí queda clara su previsión –dijo, apoyando su dedo sobre el lazo para asegurar el sombrero–. Nunca se venden con los sombreros. Si este hombre encargó uno, es señal de cierta cuota de previsión, ya que se molestó en tomar precauciones contra la acción el viento. Pero como vemos que el elástico está roto y no se ha preocupado en repo-

---

[1] Alusión a las teorías del médico francés Paul Broca (1824-1880), que sostenía que el tamaño del cerebro estaba en relación directa con el grado de inteligencia.

nerlo, es obvio que en la actualidad es menos precavido que antes, lo cual es una prueba clara de que se trata de una naturaleza débil. Pero, por otro lado, que haya tratado de disimular algunas de estas manchas del fieltro cubriéndolas con tinta es un signo de que no ha perdido por completo su autoestima.

—Su razonamiento es, ciertamente, muy lógico.

—Los puntos siguientes, que es de mediana edad, que su cabello es entrecano, que se lo ha cortado recientemente y que usa fijador, se infieren todos de un examen minucioso de la parte de abajo del forro. La lupa revela una gran cantidad de puntas de pelo, cortadas con tijeras de peluquero. Todas parecen estar pegajosas y hay un característico olor a fijador. Este polvo, como puede observar, no es el polvo arenoso y gris de la calle, sino el más liviano y pardusco de las casas, lo que demuestra que, la mayor parte del tiempo, el sombrero ha estado colgado dentro de la casa; a la vez, las marcas de humedad de su interior son la prueba positiva de que quien lo usa transpira abundantemente y de ahí que, difícilmente, esté en su mejor forma física.

—Pero su mujer... usted dijo que había dejado de amarlo.

—Este sombrero no ha sido cepillado durante semanas. Si lo viera a usted, mi querido Watson, con una acumulación de polvo de semanas sobre el sombrero, y su esposa lo hubiera dejado salir a la calle en ese estado, me temería que también ha sufrido la desdicha de perder el afecto de su mujer.

—Pero podría ser soltero.

—No, estaba llevando el ganso a su casa como una ofrenda de paz. Recuerde la tarjetita en la pata del ave.

—Tiene usted una respuesta para todo. ¿Pero cómo diablos dedujo que no tiene gas instalado en su casa?

—Una mancha de cera, o aun dos, pueden producirse por casualidad; pero cuando no veo menos de cinco, pienso que apenas se puede poner en duda que el individuo está frecuentemente en contacto con cera caliente... que anda probablemente escaleras arriba, a la noche, con el sombrero en una mano y una vela que gotea en la otra. Dicho de otro modo: nunca podría mancharse con un mechero de gas. ¿Está satisfecho?

—Bueno, es muy ingenioso —dije, riendo—; pero teniendo en cuenta que no se cometió crimen alguno ni se produjo ningún daño, salvo el extravío del ganso, todo esto parece más bien una pérdida de energía.

Sherlock Holmes había abierto la boca para responder, cuando la puerta se sacudió y Peterson, el portero, se lanzó dentro de la habitación con las mejillas sonrojadas y una expresión de asombro sin límites.

—¡El ganso, señor Holmes! ¡El ganso, señor! —dijo, agitado.

—¿Eh? ¿Pues qué ocurre con él? ¿Resucitó y salió volando por la ventana de la cocina?

Holmes giró en el sillón para mirar bien de frente la cara excitada del hombre.

—¡Mire aquí, señor! ¡Mire lo que mi mujer ha encontrado en el buche!

Extendió la mano y mostró, en el centro de la palma, una piedra azul de brillantes destellos, acaso más pequeña que un garbanzo, pero de una pureza y un resplandor tales que relumbraba como un punto eléctrico en el oscuro hueco de su mano.

Sherlock Holmes se levantó y lanzó un silbido.

—¡Por Júpiter, Peterson! —dijo—. Ha descubierto un verdadero tesoro. Supongo que sabe lo que ha encontrado.

—¡Un diamante, señor! ¡Una piedra preciosa! Corta el vidrio como si fuera masilla.

—Es más que una piedra preciosa. Es la piedra preciosa.

—¿No es el carbunclo azul de la condesa de Morcar? —exclamó.

—Exactamente. Debería saber cuál es su tamaño y su peso, ya que he leído el aviso en *The Times*, estos últimos días. Es absolutamente único, y sólo pueden hacerse conjeturas sobre su valor real, pero la recompensa de mil libras que se ofrece por él no es seguramente ni la vigésima parte de su precio en el mercado.

—¡Mil libras! ¡Por Dios!

El portero se dejó caer en una silla y paseó su mirada de uno a otro.

—Esa es la recompensa, pero tengo razones para creer que son, en el fondo, motivos sentimentales los que inducen a la condesa a desprenderse de la mitad de su fortuna para tratar de recuperar la gema.

—Se perdió, si mal no recuerdo, en el hotel Cosmopolitan —comenté.

—Exactamente, el 22 de diciembre, hace cinco días. John Horner, un plomero, fue acusado de haberlo sustraído del alhajero de la dama. Las evidencias en su contra son tan fuertes que el caso ya pasó a los tribunales superiores. Tengo una crónica del asunto aquí, creo.

Revolvió sus periódicos, echando una mirada a las fechas, hasta que al fin apartó uno, lo dobló y leyó el siguiente párrafo:

ALHAJA ROBADA EN EL HOTEL COSMOPOLITAN. John Horner, de 26 años, fue acusado de haber sustraído del alhajero de la condesa de Morcar, el 22 del corriente, la valiosa gema conocida como el carbunclo azul. James Ryder, conserje del hotel, declaró haber guiado a Horner hasta el vestidor de la condesa de Morcar el día del robo para que soldara el segundo barrote de la rejilla de la chimenea, que se había soltado. Permaneció junto a Horner un momento, pero finalmente fue solicitado en otro sector. Al regresar, se encontró con que Horner había desaparecido, que el escritorio había sido forzado, y que el cofrecito marroquí en el cual, como pudo saberse después, la condesa acostumbraba a guardar su joya, estaba sobre el tocador, vacío. Ryder dio la alarma de inmediato y Horner fue arrestado esa misma noche; pero la piedra no fue hallada en su poder y tampoco en su casa. Catherine Cusack, doncella de la condesa, declaró haber oído el grito de consternación de Ryder al descubrir el robo y se lanzó dentro de la habitación donde encontró todo tal como lo describiera el último testigo. El inspector Bradstreet, de la división B, declaró acerca del arresto de Horner, que se debatió desesperadamente y clamó por su inocencia con los más enérgicos términos. Como el prisionero tenía antecedentes por robo, el magistrado se negó a tratar sumariamente el delito y lo derivó a los jueces de los tribunales superiores. Horner, que mostró señales de intensa conmoción durante los procedimientos, sufrió un desmayo cuando estos concluyeron y fue retirado de la corte.

–Hum… Con qué rapidez la policía se da por satisfecha –dijo Holmes, con aire pensativo, dejando a un lado el diario–. La cuestión que nos queda por resolver es la secuencia de acontecimientos que nos llevan de un alhajero forzado, por un lado, al interior del buche de un ganso en Tottenham Court Road, por el otro. Como ve, Watson, nuestras pequeñas deducciones han cobrado de pronto un aspecto mucho más importante y menos inocente. Aquí está la piedra; la piedra provino del ganso, y el ganso provino del señor Henry Baker, el caballero del sombrero desagradable y de todas las otras características con las que lo he aburrido. Debemos, por lo tanto, tratar de encontrar a ese caballero y averiguar qué parte le ha tocado jugar en este pequeño misterio. Para lograrlo, hemos de probar primero con el medio más simple, y este consiste, indudablemente, en un anuncio publicado en todos los diarios de la tarde. Si falla, recurriré a otros métodos.

–¿Qué dirá el anuncio?

–Deme un lápiz y ese pedazo de papel. Ahora, entonces: "Fueron hallados en la esquina de Goodge Street un sombrero de fieltro negro y un ganso. El señor Baker puede recuperarlos presentándose esta tarde, a las 18 y 30, en Baker Street 221B". Claro y conciso.

–Sí. ¿Pero lo verá?

–Bueno, seguramente echará una mirada a los diarios puesto que, para un hombre pobre, la pérdida es grande. Se debe haber sentido tan asustado por la mala puntería de haber roto la vidriera y por la aparición de Peterson, que no pensó en nada más que en escaparse, pero luego tendrá que haber lamentado con amargura el impulso que lo llevó a dejar caer el ave. Además, la mención de su nombre hará que lo vea, pues todos los que lo conozcan se lo harán notar. Aquí tiene, Peterson, vaya a la agencia de avisos y haga publicar esto en los diarios de la tarde.

–¿En cuáles, señor?

–Oh, en el *Globe, Star, Pall Mall, St. James's, Evening News Standard, Echo* y todos los que se le ocurran a usted.

–Muy bien, señor. ¿Y la piedra?

–Ah, sí. Me quedaré con la piedra. Gracias. Y, de paso, a su regreso, compre un ganso y me lo deja aquí, pues debemos tener uno para darle

a este caballero en lugar del que su familia está comiendo ahora.

Cuando el encargado se fue, Holmes tomó la gema y la alzó hacia la luz.

—Es hermosa —dijo—. Mire tan sólo cómo brilla y qué destellos lanza. Aunque, por supuesto, es un foco de atracción para el crimen. Lo son todas las buenas piedras. Son la carnada que les pone el demonio a aquellos a quienes quiere tentar. En las joyas más grandes y más antiguas, cada faceta representa un hecho de sangre. Esta piedra todavía no tiene veinte años. Fue encontrada a orillas del río Amoy, en el sur de China, y es notable porque posee todas las características del rubí, con la diferencia de que es de color azul oscuro y no rojo. A pesar de su juventud, ya arrastra una historia siniestra. Se han cometido dos asesinatos, un ataque con vitriolo[2], un suicidio y varios robos, provocados por estos cuarenta quilates de carbón cristalizado. ¿Quién pensaría que una joya tan bella puede traer consigo la horca y la prisión? Ahora la guardaré bajo llave en mi caja fuerte y le enviaré una nota a la condesa para decirle que se encuentra en nuestro poder.

—¿Piensa que este hombre, Horner, es inocente?

—No puedo decirlo.

—Bueno, ¿entonces imagina que el otro, Henry Baker, tiene algo que ver con este asunto?

— Pienso yo que es mucho más que probable que Henry Baker sea un hombre absolutamente inocente y que no tenía idea de que el ave que llevaba tenía más valor que si estuviera hecha de oro macizo. Esto, de todos modos, habré de determinarlo con una prueba muy simple, si tenemos una respuesta a nuestro aviso.

—¿Y no puede hacer nada hasta entonces?

—Nada.

—En ese caso, seguiré con mis ocupaciones profesionales. Pero volveré por la tarde a la hora que usted mencionó, pues me gustaría conocer la solución de un asunto tan enredado.

—Estaré encantado de verlo. Ceno a las siete. Hay pollo, me parece.

---

[2] El *vitriolo* es el ácido sulfúrico que, concentrado, puede destruir la piel y la carne.

A propósito, tal vez deba pedirle a la señora Hudson que, por las dudas, le revise el buche.

Me atrasé con un paciente, y eran las seis y media pasadas cuando me encontré de vuelta en Baker Street. Al acercarme a la casa, a la luz de la banderola semicircular de la entrada, vi a un hombre alto con una gorra escocesa y un abrigo cerrado hasta la barbilla que estaba esperando afuera. Justo cuando llegué se abrió la puerta y pasamos juntos al salón de Holmes.

—El señor Henry Baker, supongo —dijo, levantándose de su sillón y saludando a su visitante con ese aire de fresca cordialidad que adoptaba tan fácilmente.

—Le ruego que acerque esa silla a la chimenea, señor Baker. Es una noche fría, y noto que la circulación del cuarto se adapta más al verano que al invierno. Ah, Watson, llega en el momento justo. ¿Este sombrero es suyo, señor Baker?

—Sí, señor, sin duda es mi sombrero.

Era un hombre corpulento, de hombros caídos, cabeza maciza y rostro ancho e inteligente, sesgado por una barba incipiente de color castaño entrecano. Un toque colorado en la nariz y en las mejillas, y un leve temblor en sus manos alargadas recordaban las conjeturas de Holmes sobre sus hábitos. Su levita, de color negro arratonado, estaba abotonada hasta arriba, con el cuello levantado, y sus descarnadas muñecas sobresalían de las mangas sin que se vieran ni puños ni camisa. Hablaba con lento *staccato* [3], eligiendo sus palabras con cuidado, y daba la impresión de un hombre de letras y de estudio que había sido maltratado por la fortuna.

—Nos hemos quedado con sus pertenencias por unos días —dijo Holmes—, porque esperábamos ver un aviso con su dirección. No sé por qué no publicó uno.

Nuestro visitante rió con cierto pudor.

—Los chelines no abundan para mí tanto como antes —comentó—. No tenía dudas de que la banda de matones que me asaltó se había lle-

---

[3] *Staccato* es un término musical que, por analogía, se aplica a un modo de hablar pronunciando separadamente las sílabas.

vado mi sombrero y el ave. No quise gastar más dinero en un desesperanzado intento de recuperarlos.

–Naturalmente. Dicho sea de paso, en cuanto al ganso, nos vimos obligados a comerlo.

–¡Comerlo! –nuestro visitante, en su excitación, se levantó de la silla.

–Sí; no hubiera servido para nadie si no hubiésemos dispuesto de él. Pero estimo que este otro ganso, el que está sobre el aparador, que tiene el mismo peso y está perfectamente fresco, será lo mismo para usted.

–Oh, por cierto, por cierto –respondió el señor Baker con un suspiro de alivio.

–Por supuesto, aún tenemos las plumas, las patas, el buche y todo lo que sobró de su propia ave, así que si lo desea…

El hombre lanzó una fuerte carcajada.

–Podrían servirme como reliquias de mi aventura –dijo–, pero aparte de eso no veo bien qué utilidad tendrían para mí los *disjecta membra* [4] de aquel conocido amigo. No, señor, con su permiso, dedicaré toda mi atención al excelente ganso que veo encima del aparador.

Sherlock Holmes me miró significativamente y se encogió ligeramente de hombros.

–Pues, aquí están su sombrero y su ave –dijo–. A propósito, ¿le molestaría decirme dónde consiguió la otra? Soy algo aficionado a las aves de corral, y raras veces he visto un ganso mejor engordado.

–Seguramente, señor –dijo Baker, que se levantó y apretó bajo el brazo su nueva adquisición–. Algunos de nosotros frecuentamos el *Alpha Inn*, cerca del museo… de hecho, puede encontrarnos en el museo mismo, sabe, durante el día. Este año, nuestro buen posadero, Windigate, armó un club del ganso gracias al cual, mediante un pago semanal de unos pocos peniques, cada uno de nosotros habría de recibir un ganso para Navidad. Pagué mis peniques puntualmente, y el resto es lo que usted sabe. Le debo mucho, señor, pues la gorra escocesa no es apropiada para mis años ni para mi carácter.

Con un gesto de cómica pomposidad se inclinó ante nosotros y se

---

[4] *Disjecta membra* es una expresión latina que significa 'miembros seccionados'.

marchó dando largos pasos.

—Listo con el señor Henry Baker —dijo Holmes tras cerrar la puerta—. Está absolutamente probado que no sabe nada del asunto. ¿Tiene hambre, Watson?

—No especialmente.

—Entonces le propongo que dejemos nuestra cena para más tarde y sigamos esta pista mientras está fresca.

—Por supuesto.

Era una noche de frío intenso, así que nos pusimos nuestros abrigos y unas bufandas alrededor del cuello. Afuera, las estrellas brillaban frías en el cielo despejado, y el aliento de los transeúntes parecía disparado como el humo de las pistolas. Nuestros pasos retumbaban cuando atravesamos el barrio de los doctores, Wimpole Street, Harley Street, y también a lo largo de Wigmore Street hasta Oxford Street. En un cuarto de hora llegamos al *Alpha Inn*, que es un pequeño bar en Bloomsbury, en la esquina de una de las calles que conducen hacia Holborn. Holmes empujó la puerta del bar y pidió dos vasos de cerveza al dueño, que tenía el rostro sonrosado y llevaba un delantal blanco.

—Su cerveza tiene que ser excelente, si es tan buena como sus gansos —dijo.

—¡Mis gansos! —el hombre parecía sorprendido.

—Sí. Estuve hablando hace apenas media hora con el señor Henry Baker, que era miembro de su club.

—Ah, sí, ya entiendo. Pero verá usted, señor, no son nuestros gansos.

—¿No? ¿Y de quién, entonces?

—Bueno, le compré las dos docenas a un vendedor del *Covent Garden*.

—¿En serio? Conozco a algunos. ¿A cuál de ellos?

—Se llama Breckinridge.

—Ah, no lo conozco. Bueno, salud, patrón, y prosperidad para su negocio. Buenas noches.

—Ahora vamos a buscar al señor Breckinridge —agregó, abotonándose el abrigo mientras salíamos al aire helado—. Recuerde, Watson, que a pesar de que tengamos algo tan simple como un ganso en una punta de la cadena, en la otra tenemos a un hombre que será castiga-

do con siete años de prisión, a menos que podamos demostrar su inocencia. Es posible que nuestras indagaciones no confirmen sino su cul-
pabilidad; pero, de todos modos, tenemos una línea de investigación
que no ha sido considerada por la policía y que un singular azar ha
puesto en nuestras manos. Sigámosla hasta las últimas consecuencias.
¡De cara al sur, pues, y con paso firme!

Atravesamos Holborn, hacia Endell Street, y luego el zigzag de
callejuelas hasta el mercado del *Covent Garden*. Uno de los puestos más
grandes llevaba el nombre de Breckinridge y el dueño, un hombre que
parecía aficionado a los caballos, de rostro anguloso y patillas recor-
tadas, estaba ayudando a un muchacho a cerrar el negocio.

—Buenas noches. Hace frío —dijo Holmes.

El vendedor asintió con la cabeza y lanzó una mirada interrogativa
a mi compañero.

—Veo que ha vendido todos los gansos —prosiguió Holmes, señalando
los mostradores de mármol vacíos.

—Mañana a la mañana tendrá quinientos.

—No me sirve.

—Bueno, hay algunos en el puesto iluminado con gas.

—Ah, pero me lo recomendaron a usted.

—¿Quién?

—El dueño del *Alpha*.

—Ah, sí; le envié un par de docenas.

—Eran buenas aves. Dígame, ¿dónde las consiguió?

Para mi sorpresa, la pregunta provocó un arranque de ira en el
vendedor.

—Veamos, pues, señor —dijo, con la cabeza erguida y los brazos en
jarra—, ¿adónde quiere llegar? Pongamos las cosas en su lugar.

—Están en su lugar. Me gustaría saber quién le vendió los gansos
que entregó al *Alpha*.

—Bueno, pues no se lo diré.

—Oh, no es un asunto de importancia; pero no entiendo por qué
se altera por una tontería semejante.

—¿Alterarme? Usted estaría igualmente alterado si lo fastidiaran así. Pagué un buen precio por un buen artículo, así que el negocio debería estar terminado; pero no, insisten con "¿Dónde están los gansos?" y "¿Quién le vendió los gansos?" y "¿Cuánto pagó por los gansos?". Uno podría pensar que son los únicos gansos del mundo, cuando escucha tanta alharaca.

—Bueno, no tengo ninguna relación con las otras personas que han estado haciendo averiguaciones —dijo Holmes, sin mostrar interés—. Si no nos cuenta nada, se quedará sin responder a una apuesta, eso es todo. Porque, en cuanto a las aves, estoy dispuesto a mantener mi opinión apostando un billete de cinco libras a que el ave que comí pertenecía a un criadero de campo.

—Bueno, entonces ha perdido su billete, porque era de ciudad —contestó bruscamente el vendedor.

—Nada de eso.

—Le digo que sí.

—No le creo.

—¿Cree que sabe de aves de corral más que yo, que las estoy vendiendo desde chico? Le repito, todas las aves que fueron al *Alpha* son de ciudad.

—Nunca me convencerá de eso.

—¿Apuesta, entonces?

—Sólo sería quitarle su dinero, pues sé que estoy en lo cierto. Pero le apuesto una libra de oro, sólo para enseñarle a no ser obstinado.

El vendedor rió entre dientes.

—Tráeme los libros, Bill —dijo.

El muchacho trajo un libro pequeño y otro grande de lomo grasiento, y los apoyó bajo la lámpara que estaba colgada allí.

—Ahora bien, señor Porfiado —continuó el vendedor sonriendo burlón—, pensé que ya no quedaban más gansos, pero cuando termine verá que todavía hay uno en mi puesto. ¿Ve este libro pequeño?

—¿Sí?

—Es la lista de los criaderos donde compro. ¿Ve? Bueno. Entonces, aquí en esta página están los criaderos de campo, y los números después

de sus nombres indican dónde se encuentran sus cuentas en el libro grande. ¡Veamos, entonces! ¿Ve esta otra página con tinta roja? Bueno, es la lista de mis proveedores de la ciudad. Ahora, mire el tercer nombre. Léalo en voz alta.

—Señora Oakshott, 117, Brixton Road 249 —leyó Holmes.

—Suficiente. Ahora busque en el libro grande.

Holmes ubicó la página indicada.

—Ahí está, "Señora Oakshott, 117, Brixton Road 249, provisión de huevos y aves de corral".

—Veamos, entonces, ¿cuál es la última entrada?

—"Veintidós de diciembre. Veinticuatro gansos a siete chelines y seis peniques".

—Suficiente. Ya está. ¿Y abajo?

—Vendidos al señor Windigate del *Alpha*, a doce chelines".

—¿Qué tiene para decir ahora?

Sherlock Holmes parecía profundamente mortificado. Sacó una libra de oro de su bolsillo, la arrojó sobre el mostrador y se volvió adoptando la expresión de un hombre cuyo disgusto es tan grande que se ha quedado sin palabras. Unos pasos más adelante se detuvo junto a un poste de luz, y rió sinceramente y sin emitir sonido alguno, como era peculiar en él.

—Cuando vea a un hombre con patillas de ese estilo y el *Pink'un* [5] sobresaliendo de su bolsillo, siempre podrá tentarlo con una apuesta —dijo—. Me atrevo a decir que si le hubiera puesto cien libras enfrente, ese hombre no me habría dado una información tan completa como la que obtuve haciéndole creer que estaba apostando. Bueno, Watson, estamos cerca del final de nuestra indagación, me parece, y el único punto que queda por determinar es si debemos ir a casa de la señora Oakshott esta noche, o si lo podemos reservar para mañana. Queda claro, por lo que dijo nuestro rudo amigo, que hay otros, además de nosotros, que están ansiosos por el tema, y debería…

Sus observaciones fueron interrumpidas de golpe por un griterío

---

[5] Posiblemente una revista de datos y pronósticos de carreras de caballos, del tipo de "La Rosa de Palermo".

que estalló en el puesto que acabábamos de abandonar. Al dar la vuelta, vimos a un hombre bajo, con cara de rata, que estaba de pie en el centro del círculo de luz amarillenta que arrojaba la lámpara con un vaivén, mientras Breckinridge, el vendedor, en el umbral de la puerta de su puesto, sacudía nerviosamente sus puños ante la figura que retrocedía.

–¡Estoy harto de ustedes y de sus gansos! –gritó–. ¡Quiero que se vayan todos al infierno! Si vienen una vez más a molestarme con sus preguntas idiotas, les suelto el perro. Traiga aquí a la señora Oakshott y le responderé, ¿pero qué tiene que ver usted con esto? ¿Acaso le vendí los gansos a usted?

–No, pero uno era mío, de todos modos –dijo el hombre con voz lastimosa.

–Bueno, entonces pregúntele por él a la señora Oakshott.

–Me dijo que le preguntara a usted.

–Bueno, pues vaya a preguntarle al rey de Prusia; me tiene sin cuidado. ¡Estoy harto de esto! ¡Fuera!

Avanzó con furia y el hombre que preguntaba desapareció en la oscuridad.

–¡Ah! Esto puede ahorrarnos la visita a Brixton Road –murmuró Holmes–. Venga conmigo y veremos qué sucede con este hombre.

Caminando a través de la multitud que se derramaba alrededor de los abigarrados puestos, mi compañero alcanzó rápidamente al hombrecito y le tocó el hombro. Este se volvió sobresaltado y pude ver a la luz del gas que no quedaban vestigios de color en su rostro.

–¿Quiénes son ustedes? ¿Qué quieren? –preguntó temblando.

–Discúlpeme –dijo Holmes suavemente–, pero no pude sino escuchar las preguntas que le acaba de hacer al vendedor. Creo que puedo ayudarlo.

–¿Usted? ¿Quién es? ¿Cómo puede estar al tanto del tema?

–Mi nombre es Sherlock Holmes. Mi trabajo consiste en saber lo que los demás ignoran.

–Pero no puede saber nada sobre esto.

–Discúlpeme, sé absolutamente todo. Está intentando rastrear algunos gansos que la señora Oakshott, de Brixton Road, le vendió a un puestero llamado Breckinridge, que a su vez se los vendió al señor Windigate, del *Alpha*, y él a su club, del que el señor Henry Baker era miembro.

—Oh, señor, es usted el hombre que deseaba encontrar —gritó el hombrecito de manos anchas y dedos temblorosos—. No puedo explicarle lo interesado que estoy en este asunto.

Sherlock Holmes llamó un coche que estaba pasando.

—En ese caso, será mejor que conversemos en un salón acogedor y no en esta plaza de mercado barrida por el viento —dijo—. Pero le ruego que me diga, antes de que sigamos, a quién tengo el placer de ayudar.

El hombre vaciló un instante.

—Mi nombre es John Robinson —respondió, mirando de reojo.

—No, no, el nombre verdadero —dijo Holmes con amabilidad—. No es conveniente trabajar con un alias.

Las blancas mejillas del extraño se ruborizaron.

—Bueno, pues mi nombre verdadero es James Ryder.

—Exactamente. Conserje del hotel *Cosmopolitan*. Por favor, suba al coche, y pronto podré decirle todo lo que desea saber.

El hombrecito se quedó mirándonos a uno y a otro con los ojos entre atemorizados y esperanzados, tal como hace quien no sabe con seguridad si va a recibir un premio inesperado o está al borde de una catástrofe. Luego subió al coche y, en media hora, ya estábamos de vuelta en el salón de Baker Street. No hablamos durante el trayecto, pero la respiración agitada de nuestro nuevo compañero y su continuo refregarse las manos hablaban claramente de la tensión nerviosa que padecía.

—Aquí estamos —dijo Holmes alegremente mientras entrábamos uno tras otro al salón—. El fuego es muy reconfortante con este tiempo. Parece que tiene frío, señor Ryder. Por favor, siéntese en el sillón de mimbre. Voy a ponerme las pantuflas antes de que comencemos a hablar de lo suyo. Listo. ¿Quiere saber qué ocurrió con aquellos gansos?

—Sí, señor.

—O más bien, creo, con "aquel" ganso. Me imagino que está interesado en un ganso, blanco, con una franja negra en la cola.

Ryder se estremeció de emoción.

—Oh, señor —exclamó—, ¿puede decirme dónde está?

—Está aquí.

—¿Aquí?

—Sí, y un ave tan notable hace que no me llame la atención el desmesurado interés que usted muestra por ella. Puso un huevo antes de morir, el huevo azul más hermoso y brillante que vi en mi vida. Lo tengo aquí, en mi colección.

Nuestro visitante tambaleó y se sostuvo de la repisa de la chimenea. Holmes abrió su caja fuerte y tomó el carbunclo azul, que resplandecía como una estrella, con múltiples destellos fríos y brillantes. Ryder se quedó mirándolo, desencajado, sin saber si debía reclamarlo o no reconocerlo.

—Se acabó el juego, Ryder —dijo Holmes con calma—. Pero sosténgase, hombre, o se quemará con el fuego del hogar. Watson, ayúdelo a regresar a la silla. No tiene la sangre fría que hace falta para cometer un delito impunemente. Sírvale un trago de brandy. ¡Eso es! Ahora parece un poco más humano. ¡Menudo tonto es usted, por cierto!

Durante un momento había tambaleado y estuvo a punto de caerse, pero el brandy les devolvió un poco de color a sus mejillas, y entonces se sentó, fijando sus ojos atemorizados en su acusador.

—Tengo casi todos los eslabones de la cadena en mi mano y todas las pruebas que podría necesitar, así que es bien poco lo que puede aportar para este caso. Sin embargo, esto que falta es necesario para esclarecerlo por completo. ¿Ha oído hablar, Ryder, de la piedra azul de la condesa de Morcar?

—Catherine Cusack me habló de ella —dijo con la voz entrecortada.

—Ya veo… la doncella de la dama. Bueno, la tentación de un enriquecimiento súbito, conseguido fácilmente, fue muy grande, como lo ha sido para hombres mejores antes que usted; pero no fue muy escrupuloso en los medios de los que se valió. Me parece, Ryder, que esto es una canallada de su parte. Sabía que ese hombre, Horner, el plomero, había estado involucrado en un caso parecido y que la sospecha recaería de inmediato sobre él. ¿Qué hizo entonces? Provocó que hubiera que hacer un pequeño arreglo en la habitación de la dama —usted y su cómplice Cusack– y se las ingenió para que el hombre fuera enviado a realizarlo. Luego, una vez que él se hubo retirado, forzó el alhajero, dio la alarma y consiguió que arrestaran a ese desdichado. Usted entonces...

Ryder se arrojó de repente sobre la alfombra y se aferró a las rodillas de mi compañero.

–¡Por el amor de Dios, tenga piedad! –gritó–. ¡Piense en mi padre! ¡En mi madre! Les destrozaría el corazón. ¡Nunca antes había hecho algo así! ¡No volveré a hacerlo nunca más! Lo juro. Lo juro sobre la Biblia. Oh, ¡no lleve el caso a la corte! ¡Por el amor de Dios, no lo haga!

–¡Regrese a su silla! –dijo Holmes firmemente–. Está muy bien humillarse y arrastrarse ahora, pero no pensó en el pobre Horner que está en el banquillo de los acusados por un crimen del que nada sabe.

–Huiré, señor Holmes. Me iré del país, señor. Entonces los cargos en su contra serán retirados.

–Hum, hablaremos de eso después. Y escuchemos ahora el verdadero relato del acto siguiente. ¿Cómo llegó la piedra al interior del ganso, y cómo llegó el ganso al mercado? Díganos la verdad, pues allí reside su única esperanza de salvación.

Ryder se pasó la lengua por los labios resecos.

–Le contaré todo tal como ha sucedido, señor –dijo–. Cuando Horner fue arrestado, me pareció que lo mejor para mí era irme con la piedra de inmediato, pues no sabía si en algún momento la policía no pensaría en registrarme a mí y mi habitación. No había lugar en el hotel donde pudiera estar a salvo. Salí, como si fuera a cumplir un encargo, y me dirigí a la casa de mi hermana. Ella está casada con un hombre llamado Oakshott, y vive en Brixton Road, donde cría aves de corral para el mercado. A lo largo del camino, todo hombre que veía me parecía un policía o un detective y, a pesar de que era una noche fría, sentía la transpiración correr por mi rostro antes de llegar a Brixton Road. Mi hermana me preguntó qué pasaba y por qué estaba tan pálido, pero le dije que me sentía perturbado por el robo de la joya en el hotel. Luego fui al patio trasero, fumé una pipa y me pregunté qué era lo mejor que podía hacer.

"Tuve una vez un amigo llamado Maudsley, que estuvo en la cárcel y cumplió su condena en Pentonville. Un día nos habíamos encontrado y habíamos conversado sobre las artimañas de los ladrones y de cómo conseguían deshacerse de los objetos que robaban. Supuse que no me delataría, pues sabía uno o dos secretos sobre él, así que me decidí a ir a Kilburn, donde vive, para confiarle mi problema. Él podría mostrarme el modo de convertir la piedra en dinero. ¿Pero cómo llegar hasta él de un modo seguro? Pensé en la angustia que había sentido viniendo desde el hotel. En cualquier momento podían atraparme y revisarme, y la piedra estaría en el bolsillo de mi abrigo. Estaba apoyado contra la pared mientras pensaba esto, mirando los gansos que no dejaban de moverse entre mis pies, cuando de repente me vino una idea a la cabeza y así supe cómo podía engañar aun al más astuto de todos los detectives.

”Mi hermana me había dicho unas semanas antes que me daría como regalo de Navidad uno de sus mejores gansos, y sabía que cumpliría con su palabra. Tomaría mi ganso en ese momento y dentro de él le llevaría la piedra a Kilburn. Había un pequeño cobertizo en el patio y conduje hasta la parte trasera a una de las aves (una bien gorda, con una franja negra). La atrapé, y abriéndole con fuerza el pico, le hundí la piedra por la garganta tan profundamente como alcanzó mi dedo. El ave la engulló y vi cómo la piedra pasaba por el gollete hasta dentro del buche. Pero el animal agitaba las alas y forcejeaba, por lo que mi hermana salió para ver qué pasaba. Al darme vuelta para hablar con ella, el animal se soltó y se mezcló con los otros.

”–¿Qué estabas haciendo con esa ave, Jem? –dijo.

”–Bueno –respondí–, dijiste que me regalarías una para Navidad, y estaba viendo cuál era la más gorda.

”–Oh –exclamó–, hemos puesto la tuya aparte. La llamamos "el ave de Jem". Es la blanca grande de allá. Hay veintiséis, una para ti, otra para nosotros y dos docenas para el mercado.

”–Gracias, Maggie –dije–; pero si para ti es igual, preferiría quedarme con la que tenía recién.

”–La otra es más pesada –contestó– y la hemos engordado especialmente para ti.

"—No te preocupes. Me quedaré con esta y me la llevaré ya mismo —dije.

"—Oh, como quieras —dijo, un poco molesta—. ¿Cuál prefieres, entonces?

"—Aquella blanca con la franja negra en la cola, que está en el medio de la bandada.

"—Oh, muy bien. Mátala y llévatela.

"Bueno, hice lo que me dijo, señor Holmes, y cargué el ave durante todo el camino a Kilburn. Le dije a mi amigo lo que había hecho, pues es un hombre al que se le pueden contar fácilmente esas cosas. Se rió hasta ahogarse y tomamos un cuchillo para abrir el ganso. Se me heló el corazón al ver que no había señal alguna de la piedra, y me di cuenta de que había cometido un terrible error. Dejé el ave, corrí a la casa de mi hermana y me precipité al patio trasero. No se veía ninguna ave.

"—¿Dónde están, Maggie? —grité.

"—Con el mayorista, Jem.

"—¿Qué mayorista?

"—Breckinridge, del *Covent Garden*.

"—¿Pero había otro con una franja en la cola? —pregunté—, ¿igual al que había elegido?

"—Sí, Jem; había dos con una franja en la cola, y no pude separarlos.

"Bueno, desde ya que comprendí todo inmediatamente y corrí, tan rápido como mis pies lo permitieron, hacia el establecimiento de este Breckinridge; pero acababa de vender todos los gansos, y no quiso decirme ni una palabra sobre el lugar adonde habían ido a parar. Lo oyeron ustedes mismos esta noche. Bueno, siempre me contestó igual. Mi hermana cree que estoy volviéndome loco. A veces, pienso lo mismo. Y ahora… y ahora yo mismo soy un flamante ladrón, sin siquiera haber tocado la fortuna por la que vendí mi persona. ¡Que Dios me ayude! ¡Que Dios me ayude!

Comenzó a sollozar convulsivamente, con el rostro oculto entre las manos. Se produjo un largo silencio, interrumpido solamente por su respiración dificultosa y por los rítmicos golpes de los dedos de Sherlock Holmes sobre el borde de la mesa. Entonces, mi amigo se levantó y abrió la puerta.

—¡Fuera! –dijo.

—¿Qué, señor? ¡Dios lo bendiga!

—Basta de palabrerío. ¡Váyase!

De hecho, no fue necesaria ninguna palabra más. Siguieron una estampida, un estruendo en la escalera, un portazo y un ruido de pasos por la calle.

—Después de todo, Watson –dijo Holmes, estirando la mano para tomar su pipa de arcilla–, no estoy contratado por la policía para suplir sus deficiencias. Si Horner estuviera en peligro, sería otra cosa. Pero este hombre no atestiguará en su contra y el caso se desvanecerá. Supongo que estoy dejando sin condena un delito, pero es también posible que esté salvando un alma. Este hombre no volverá a delinquir. Está demasiado asustado. Envíelo ahora a la cárcel y lo convertirá en delincuente de por vida. Además, es Navidad, época de perdón. El destino nos ha puesto en el camino un problema de lo más singular y extraordinario, y su solución es la recompensa. Ahora, si tiene la bondad de tocar la campanilla, doctor, comenzaremos otra investigación, cuyo personaje principal es también un pájaro.

LAS CINCO SEMILLAS DE NARANJA

Traducción de Valeria Joubert

Título original: *The Five Orange Pips*.
Publicado en el periódico "The Strand", entre 1981 y 1892.

Cuando miro mis notas y registros de los casos de Sherlock Holmes entre los años 1882 y 1890, me encuentro con tantos que presentan características interesantes y extrañas, que no es tarea fácil saber cuál elegir. De todos modos, algunos ya han alcanzado notoriedad gracias a los periódicos, y otros, por su parte, no han ofrecido oportunidad a mi amigo para desarrollar esas peculiares cualidades que poseía en tan alto grado, y que estos relatos tratan de ilustrar. También existen algunos casos que han desconcertado su capacidad analítica que, de ser narrados, consistirían simplemente en principios sin final; mientras que otros han sido esclarecidos sólo parcialmente y su resolución se basa más en la conjetura y la suposición, que en la absoluta prueba lógica que él tanto apreciaba. Sin embargo, entre estos últimos hay uno que se destaca por sus pormenores y es tan asombroso en su desenlace que he sentido la tentación de relatarlo, a pesar de que existen algunos puntos relacionados con él que nunca fueron, y probablemente nunca serán esclarecidos por completo.

El año 1887 nos proporcionó una larga serie de casos, de mayor o menor interés, de los cuales llevé un registro. Entre los títulos de esos doce meses, encuentro el relato de las aventuras de la *Cámara de Paradol*, de la *Sociedad Mendicante Amateur*, que tenía un lujoso club en el sótano de un local de venta de muebles, de los hechos conectados con la pérdida del barco británico *Sophy Anderson*, de las singulares aventuras de Grice Patersons en la isla de Uffa y, finalmente, el del caso de envenenamiento de Camberwell. En este último, como podrán recordar, Sherlock Holmes fue capaz, dando cuerda al reloj del muerto, de probar que la misma acción se había realizado dos horas antes y que, por lo tanto, el difunto se había ido a la cama en ese lapso de tiempo, deducción que fue de enorme importancia en el esclarecimiento del caso. Todos ellos los narraré en el futuro, aunque ninguno presenta características tan singulares como las de la extraña sucesión de circunstancias que me llevan ahora mismo a escribir esta historia.

Transcurrían los últimos días de septiembre y los fuertes vientos del equinoccio soplaban con una violencia excepcional. Durante todo el día había aullado el viento y la lluvia había golpeado contra las ventanas, a tal punto que aun aquí, en el corazón de la gran y familiar ciudad de Londres, nos vimos obligados a apartarnos por un instante de la rutina diaria y reconocer la presencia de aquellas fuerzas elementales que gritaban a la humanidad, desde el otro lado de las rejas de la civilización, como indómitas bestias enjauladas. A medida que avanzaba la tarde, la tormenta crecía y el viento lloraba y sollozaba, como un niño, en la chimenea. Sherlock Holmes se sentó de mal humor, a un lado del hogar, organizando un índice con sus registros de delitos; mientras yo, al otro lado, estaba tan sumergido en una de esas deliciosas historias de mar de Clark Russell, que el bramido del viento del exterior parecía fundirse con el texto, y el ruido de la lluvia, prolongarse en el sonido constante del choque de las olas marinas. Mi esposa había ido a visitar a su madre y, por unos días, volví a residir en mi viejo cuarto de Baker Street.

—Vaya —dije, mirando a mi compañero—, eso fue con seguridad el timbre. ¿Quién puede venir esta noche? ¿Algún amigo suyo, tal vez?

—Salvo usted, no tengo ninguno —contestó—. No aliento las visitas.

—¿Un cliente, pues?

—De ser así, es un caso grave. Ningún asunto de poca importancia habría hecho salir a un hombre con este día y a esta hora. Pero supongo que se trata más bien de una amiga de la casera.

Sin embargo, Sherlock Holmes se equivocaba en su conjetura, pues lo que siguió fueron unos pasos en la entrada y unos ligeros golpes en la puerta. Estiró su brazo para apartar de sí la lámpara y hacerla girar hacia la silla vacía donde el recién llegado debía sentarse.

—¡Adelante! —dijo.

El hombre que entró era joven, apenas pasaba los veinte años, estaba aseado y prolijamente vestido, y había cierto refinamiento y delicadeza en su comportamiento. El paraguas empapado que traía en la mano y el impermeable largo y brilloso hablaban a las claras del clima feroz con el que se había enfrentado. Miró a su alrededor ansiosamente bajo el resplandor de la lámpara y vi que su rostro estaba pálido y sus ojos apesadumbrados, como los de quien se encuentra agobiado por una gran angustia.

–Le debo una disculpa –dijo, acomodándose los lentes con marco de oro–. Confío en no estar molestando demasiado. Mucho me temo que he dejado huellas de la tormenta y de la lluvia en su acogedora habitación.

–Deme su abrigo y su paraguas –dijo Holmes–. Los colgaré en el perchero y pronto estarán secos. Viene del sudoeste, según veo.

–Sí, de Horsham.

–Esa mezcla de barro y greda que veo sobre las punteras de sus zapatos es muy distintiva.

–He venido por un consejo.

–Eso se obtiene fácilmente.

–Y ayuda.

–Eso no siempre es tan fácil.

–He oído hablar de usted, señor Holmes. El comandante Prendergast me ha contado cómo lo salvó del escándalo del Tankerville Club.

–Ah, por supuesto. Había sido acusado injustamente de hacer trampa en una partida de naipes.

–Dijo que usted puede resolverlo todo.

–Exageró.

–Que jamás fue derrotado.

–Fui derrotado cuatro veces; en tres ocasiones, por hombres y, en la cuarta, por una mujer.

–¿Pero qué es eso comparado con la cantidad de éxitos?

–Es cierto que, generalmente, tuve éxito.

–Entonces habrá de tenerlo conmigo.

—Le ruego que acerque su silla al fuego y me brinde algunos detalles de su caso.

—No es un caso común.

—Ninguno de los que llegan hasta mí lo es. Soy la última corte de apelación.

—Y aun así me pregunto, señor, si en su larga experiencia, habrá escuchado alguna vez una sucesión de acontecimientos más misteriosa e inexplicable que la que ocurrió en mi familia.

—Me llena de interés —dijo Holmes—. Por favor, cuéntenos los hechos esenciales desde el principio y, después, podré pedirle los detalles que me parezcan más importantes.

El joven corrió la silla y estiró sus pies húmedos hacia el hogar.

—Mi nombre —dijo— es John Openshaw, aunque, según creo, mis asuntos personales tienen poco que ver con esta horrible cuestión. Es un problema relacionado con una herencia; así que, para darle una idea de los hechos, debo retroceder hasta el inicio del caso.

"Debe saber que mi abuelo tuvo dos hijos: mi tío Elías y mi padre Joseph. Mi padre tenía una pequeña fábrica en Coventry, la cual se expandió en la época de la invención de la bicicleta. Patentó los neumáticos irrompibles *Openshaw*, y su negocio alcanzó tanto éxito que pudo venderlo y retirarse con una buena renta.

"Mi tío Elías emigró a los Estados Unidos cuando era joven y llegó a ser dueño de una plantación en Florida, donde parece que le iba muy bien. Durante la guerra combatió en el ejército de Jackson y después lo hizo bajo las órdenes de Hood. Alcanzó el grado de coronel. Cuando Lee depuso las armas, mi tío regresó a su plantación, donde permaneció tres o cuatro años. Hacia 1869 o 1870, volvió a Europa y adquirió una pequeña finca en Sussex, cerca de Horsham. Había hecho una fortuna muy considerable en los Estados Unidos, y la razón por la que partió fue su aversión hacia los negros y su desagrado ante la política republicana de otorgarles la manumisión. Era un hombre singular, violento e irascible, muy mal hablado cuando estaba enojado y de un temperamento de lo más reservado. Durante los años que vivió en Horsham, dudo de que alguna vez haya puesto los pies en la ciudad. Tenía un jardín y dos o tres campos alrededor de su casa y allí hacía ejercicio, aunque, en las últimas semanas de su vida ya casi no abandonaba su dormitorio. Bebía grandes cantidades de brandy y fumaba mucho, pero no tenía tratos con nadie y no quería que lo visitaran amigos, ni siquiera su propio hermano.

"Mi presencia no le molestaba; de hecho, me había tomado cariño, pues en aquel entonces, cuando me conoció, yo era un muchacho de unos doce años. Eso debió ser en 1878, después de haber pasado en Inglaterra ocho o nueve años. Le pidió a mi padre que me dejara vivir con él y fue muy amable conmigo a su manera. Cuando estaba sobrio, le gustaba jugar al *backgammon* y a las damas conmigo, y me convertí en su representante ante los sirvientes y los comerciantes, por lo que, a los dieciséis años, yo era prácticamente el amo de la casa. Tenía todas las llaves y podía ir adonde quisiera y hacer lo que quisiera, mientras no perturbara su privacidad. Había, sin embargo, una sola excepción, pues él tenía una habitación individual, uno de los desvanes del ático, que estaba invariablemente cerrada con llave y a la cual no permitía entrar a nadie, ni siquiera a mí. Con curiosidad infantil, yo había espiado a través de la cerradura pero, como puede esperarse en ese tipo de cuartos, nunca pude ver más que una colección de baúles viejos y de trastos.

"Un día, en marzo de 1883, vi sobre la mesa, junto al plato del coronel, una carta con una estampilla extranjera. No era algo habitual que recibiera correspondencia, pues sus cuentas se pagaban siempre al contado y no tenía amigos de ningún tipo. '¡De la India! ¡Una estampilla de Pondicherry! ¿Qué puede ser?', exclamó al tomarla. La abrió apresuradamente y cayeron del sobre cinco pequeñas semillas de naranja secas, que repiquetearon sobre el plato. Comencé a reír, pero la risa se esfumó de mis labios cuando vi su rostro. Frunció la boca, los ojos se le desorbitaron, el rostro se le puso blanco como un papel y miró con ira el sobre que retenía en su mano temblorosa.

"–¡K.K.K.! –bramó, y luego agregó–: ¡Dios mío, Dios mío, mis pecados me han alcanzado!

"–¿Qué es, tío? –grité.

"– La muerte –me contestó y, levantándose de la mesa, se retiró a su habitación; me dejó temblando de horror. Levanté el sobre y vi, garabateada en tinta roja sobre la cara interna de la solapa, justo encima del pegamento, la letra K repetida tres veces. No había nada más, salvo las cinco semillas secas. ¿Cuál podía ser la razón de su opresivo terror? Dejé la mesa del desayuno y, al subir la escalera, me encontré con él, que bajaba con una vieja llave oxidada, que debía ser la del desván, en una mano, y una pequeña caja de metal, como las que se usan para guardar dinero, en la otra.

"–Pueden hacer lo que quieran, pero aun así les daré jaque mate –dijo, dejando escapar un insulto–. Dile a Mary que hoy quiero el fuego encendido en mi habitación y manda a buscar al señor Fordham, el abogado de Horsham.

"Hice lo que me ordenó y, cuando llegó el abogado, le pedí que subiera a la habitación. El fuego ardía, brillante, y en el hogar había un montón de cenizas negras y ligeras, como las que deja el papel quemado. Mientras que al lado, abierta y vacía, estaba la cajita de metal. Echando una mirada a la caja observé, con asombro, que sobre la tapa estaban grabadas las tres K que había leído esa mañana en el sobre.

"–John, quiero que seas testigo de mi última voluntad –dijo mi tío–. Dejo mi finca, con todas sus ventajas y desventajas, a mi hermano, tu padre, a través de quien, sin lugar a dudas, llegará a ti. ¡Si puedes disfrutarla en paz, tanto mejor! Si te das cuenta de que no puedes, sigue mi consejo, muchacho, y déjasela a tu peor enemigo. Lamento darte un arma de doble filo, pero no me es posible predecir qué curso tomarán las cosas. Por favor, firma el papel donde te indique el señor Fordham.

"Firmé el papel tal como me dijo, y el abogado se lo llevó. El extraño incidente provocó en mí, como usted puede suponer, la más profunda de las impresiones, pero aunque reflexioné sobre él y le di vueltas en mi cabeza, no logré llegar a ninguna conclusión. No podía librarme del vago sentimiento de temor que me había dejado, aunque su intensidad disminuyó a medida que pasaban las semanas y no ocurría nada que perturbara la rutina habitual de nuestras vidas. Pude observar un cambio en mi tío, sin embargo. Bebía más que nunca y se hallaba aun menos dispuesto a aceptar cualquier tipo de compañía. Pasaba la mayor parte del tiempo en su habitación, con la puerta cerrada con llave; pero en ocasiones emergía de allí en una especie de frenesí alcohólico y se lanzaba fuera de la casa y corría excitado por el jardín con un revólver en la mano, gritando que no le temía a nada y que nadie, fuera hombre o demonio, lo atraparía como una oveja en un corral. De cualquier modo, cuando se terminaban esos arranques intensos, se dirigía tumultuosamente hacia la puerta, que cerraba tras de sí con llave y traba de seguridad, como hace quien ya no puede hacer frente al terror que se esconde en las raíces de su alma. En tales ocasiones he llegado a ver su rostro, aun en días fríos, brillar de humedad, como si acabara de alzarlo de una jofaina[1].

"Bien, para finalizar el asunto, señor Holmes, y no abusar de su paciencia, llegó la noche en que hizo una de aquellas salidas y nunca regresó. Cuando fuimos a buscarlo, lo encontramos boca abajo en un pequeño estanque lleno de musgo que se encuentra al fondo del jardín. No había señales de violencia y el agua sólo tenía dos pies de profundidad, por lo que el jurado, teniendo en cuenta su conocida excentricidad, dio el veredicto de suicidio. Pero a mí, que sabía cómo mi tío se sobresaltaba ante la sola idea de la muerte, me resultaba muy difícil convencerme de que hubiese ido por sí mismo a su encuentro. La cuestión quedó en la nada, sin embargo, y mi padre entró en posesión de la finca y de unas 14.000 libras que tenía acreditadas en su cuenta bancaria.

–Un momento –interrumpió Holmes–. Su relato es, estimo, uno de los más notables que haya escuchado jamás. Dígame la fecha en que su tío recibió la carta y la de su supuesto suicidio.

–La carta llegó el 10 de marzo de 1883. Su muerte ocurrió siete semanas más tarde, durante la noche del 2 de mayo.

–Gracias. Continúe, por favor.

–Cuando mi padre tomó posesión de la propiedad de Horsham, llevó a cabo, por pedido mío, una cuidadosa inspección del desván que había estado siempre cerrado con llave. Encontramos la caja de metal, aunque todo lo que contenía había sido destruido. Del lado

---

[1] Una *jofaina* es una vasija ancha que se utilizaba especialmente para lavarse el rostro y las manos.

de adentro de la tapa había una etiqueta de papel en la que se repetían las iniciales K.K.K., y debajo de ellas la inscripción "Cartas, memorándum, recibos y registro". Eso, supuse, indicaba la naturaleza de los papeles que habían sido destruidos por el coronel Openshaw. Por lo demás, no había nada de mucha importancia en la buhardilla, salvo una gran cantidad de papeles desparramados y cuadernos relacionados con la vida de mi tío en América. Algunos eran de la época de la guerra y demostraban que había cumplido con su deber y que tenía la reputación de ser un valiente soldado. Otros eran del momento de la reconstrucción de los estados del sur y se referían, en su mayoría, a cuestiones políticas, pues había tenido, evidentemente, una activa participación en la oposición a los políticos que habían sido enviados desde el norte.

"Bien, fue a principios de 1884 cuando mi padre vino a vivir a Horsham y todo anduvo muy bien hasta enero de 1885. El cuarto día del nuevo año, oí a mi padre lanzar un agudo grito de sorpresa mientras estábamos desayunando. Allí estaba, sentado, con un sobre que acababa de abrir en una mano y cinco semillas de naranja secas en la palma abierta de la otra. Se había reído siempre de lo que llamaba mi inverosímil relato acerca del coronel, pero parecía muy atemorizado y asombrado ahora que le ocurría lo mismo a él.

"–Mira, ¿qué diablos significa esto, John? –balbuceó.

"El corazón se me puso de plomo.

"–Es K.K.K. –dije.

"Miró adentro del sobre.

"–¡Eso es! –gritó–. Acá están las letras, ¿pero qué es lo que dice más arriba?

"Leí, por encima de su hombro: 'Ponga los papeles sobre el reloj solar'.

"–¿Qué papeles? ¿Qué reloj solar? –preguntó.

"Y le dije:

"–El reloj solar del jardín. No hay otro. Pero los papeles deben ser los que fueron destruidos.

"–Bah –repuso mi padre–. Estamos en un país civilizado y no podemos tomar en cuenta disparates de este tipo. ¿De dónde viene esta cosa? –preguntó aferrándose a su coraje.

"–De Dundee –le respondí, mirando la estampilla.

"–Alguna absurda broma pesada –dijo–. ¿Qué tengo que ver yo con relojes solares y papeles? No haré caso de semejante necedad.

"–Deberías hablar con la policía –dije.

"–Y se reirán a costa de mí. Nada de eso.

"–Entonces deja que lo haga yo.

"–No, te lo prohíbo. No haré alboroto por una tontería semejante.

"Era en vano discutir con él, porque era un hombre muy obstinado. Yo quedé, de todos modos, con el corazón lleno de malos presentimientos.

"Al tercer día después de la llegada de la carta, mi padre fue a visitar a un viejo amigo, el comandante Freebody, que está al frente de uno de los fuertes de la colina de Portsdown. Me alegré de que fuera, ya que me parecía que mi padre se encontraba fuera de peligro cuando estaba lejos de casa. Sin embargo, me equivocaba. Al segundo día de su ausencia, recibí un telegrama del comandante, rogándome que fuera de inmediato. Mi padre se había caído en uno de esos profundos pozos que abundan en la región y estaba inconsciente, con una fractura de cráneo. Corrí a verlo, pero murió sin haber recobrado en ningún momento la conciencia. Aparentemente, regresaba de Fareham al atardecer y, como no conocía la región, y el pozo no tenía cerca, el jurado no dudó en arribar a un veredicto de "muerte por causas accidentales". Aunque examiné cuidadosamente cada hecho relacionado con su muerte, no pude encontrar nada que sugiriera la idea de un asesinato. No había señales de violencia, ni de huellas, ni de robo, así como tampoco se habían avistado extraños en los caminos. Y, sin embargo, no necesito decirle que mi ánimo estaba lejos de hallar sosiego, ni que estaba casi seguro de que se había urdido una sucia confabulación a su alrededor.

"De esta siniestra manera, entré en posesión de mi herencia. Se preguntará por qué no me deshice de ella. Le respondo que se debe a que estaba seguro de que nuestros problemas dependían, de algún modo, de un incidente en la vida de mi tío, y que el peligro sería igualmente apremiante tanto en una casa como en otra.

"Fue en enero del 1885 cuando mi pobre padre encontró su fin, y desde entonces han transcurrido dos años y ocho meses. Durante ese tiempo he vivido feliz en Horsham y comencé a creer que esa maldición había abandonado a la familia y que había terminado con la última generación. Sin embargo, había comenzado a tranquilizarme demasiado pronto; ayer a la mañana, la desgracia cayó sobre mí tal como que se había abatido sobre mi padre.

El joven sacó del bolsillo de su chaleco un sobre arrugado y, dándolo vuelta encima de la mesa, hizo caer cinco pequeñas semillas de naranja secas.

—Este es el sobre —continuó—. La estampilla es de Londres, división este. Adentro están las mismas palabras que estaban en el último mensaje de mi padre: "K.K.K.", y luego: "Ponga los papeles en el reloj solar".

—¿Qué ha hecho? —preguntó Holmes.

—Nada.

—¿Nada?

—A decir verdad —contestó, hundiendo el rostro en sus finas y blancas manos—, me sentí indefenso. Me quedé paralizado como un pobre conejo frente una serpiente que se desliza hacia él. Pareciera que estoy bajo el dominio de un mal irresistible, inexorable, contra el que nada valen la prudencia y la precaución.

—¡Vamos, vamos, hombre! —exclamó Holmes—. Debe actuar o está perdido. Sólo la energía puede salvarlo. No es momento de desesperar.

—He acudido a la policía.

—¡Ah!

—Pero escucharon mi historia con una sonrisa. Estoy convencido de que el inspector fue de la opinión de que todas las cartas eran bromas pesadas y que la muerte de mis parientes fueron realmente accidentes, como determinó el jurado, sin que hubiera relación alguna con las advertencias.

Holmes sacudió sus puños cerrados en el aire y exclamó:

—¡Increíble imbecilidad!

—De todos modos, me han asignado un policía, que debe permanecer conmigo en casa.

—¿Ha venido con usted esta noche?

—No, sus órdenes fueron permanecer en la casa.

Nuevamente, Holmes hizo un gesto de rabia.

—¿Por qué ha venido a verme —preguntó Holmes— y, sobre todo, por qué no ha venido a verme de inmediato?

—No sabía de su existencia. No hablé sino hasta hoy con el comandante Prendergast sobre mis problemas y me aconsejó que viniera a verlo.

—Han pasado dos días desde que usted recibió la carta. Hubiéramos podido actuar antes. No tiene más evidencias, supongo, que las que nos ha expuesto. ¿Ningún detalle sugestivo que pueda ayudarnos?

—Hay una cosa —dijo John Openshaw. Revolvió el bolsillo de su abrigo y extrajo una descolorida hoja de papel azulado, que extendió sobre la mesa—. Creo recordar que el día en que mi tío quemó los papeles, noté que los pequeños restos sin quemar que yacían entre las cenizas eran de este color particular. Encontré esta hoja suelta en el piso de su habitación, y me inclino a pensar que debe ser uno de aquellos papeles que, quizás, revoloteó en medio de los otros y de este modo escapó a la destrucción. Fuera de la mención de las semillas, no veo nada que pueda ayudarnos mucho. Pienso que se trata de una página de algún diario íntimo. La letra es, sin duda, la de mi tío.

Holmes movió la lámpara y ambos nos inclinamos sobre la hoja de papel, que evidenciaba, por su borde irregular, que había sido, en efecto, arrancada de un cuaderno. Estaba encabezada por una fecha, "marzo de 1869", y abajo seguían estos enigmáticos apuntes:

4/03. VINO HUDSON. MISMO PLAN.
7/03. PONER LAS SEMILLAS A MCCAULEY, PARAMORE, Y A JOHN SWAIN, DE ST. AUGUSTINE.
9/03. MCCAULEY LIQUIDADO.
10/03. JOHN SWAIN LIQUIDADO.
12/03. VISITA A PARAMORE. TODO EN ORDEN."

—¡Gracias! —dijo Holmes, doblando el papel y devolviéndoselo a nuestro visitante—. Y ahora no debe perder un solo instante más. Ni siquiera disponemos de tiempo para conversar sobre lo que acaba de contarme. Debe regresar a su casa ya mismo y actuar.

—¿Qué debo hacer?

—No queda sino una cosa por hacer. Es necesario llevarla a cabo de inmediato. Debe poner esa hoja que nos ha mostrado dentro de la caja de metal que describió. También debe poner una nota diciendo que los otros papeles fueron quemados por su tío y que este es el único que queda. Tendrá que redactarla de tal modo que sus palabras resulten convincentes. Una vez hecho esto, debe colocar en seguida la caja sobre el reloj solar, como se lo ordenan. ¿Comprende?

—Sí.

—No piense en venganzas ni en nada parecido, por ahora. Es seguro que eso lo conseguiremos por medio de la ley; pero tenemos que urdir nuestro plan, puesto que el de ellos ya está en marcha. El primer paso es apartar el peligro inminente que lo amenaza. El segundo es esclarecer el misterio y castigar a los culpables.

—Le agradezco —dijo el joven, levantándose y poniéndose el abrigo—. Me ha devuelto la vida y la esperanza. Ciertamente, haré todo tal como usted me aconseja.

—No pierda un instante. Y, especialmente, cuídese mientras tanto, pues creo que no cabe ninguna duda de que se encuentra amenazado por un peligro inminente y real. ¿Cómo va a regresar?

—Con el tren de Waterloo.

—Todavía no son las nueve. Las calles estarán llenas de gente, por lo que creo que estará seguro. Pero tampoco se fíe demasiado.

—Estoy armado.

—Está bien. Mañana me pondré a trabajar en su caso.

—¿Lo veré en Horsham, entonces?

—No, su secreto está en Londres. Allí es donde investigaré.

—Entonces vendré a verlo dentro de un día o dos, con novedades acerca de la caja y de los papeles. Seguiré su consejo en cada detalle.

Nos estrechó la mano y partió. Afuera, el viento seguía bramando, y la lluvia caía y golpeaba en las ventanas. Esta historia, extraña y turbulenta, parecía haber llegado inesperadamente hasta nosotros desde el corazón de los elementos desquiciados, como un alga marina en una borrasca, y haber desaparecido reabsorbida por ellos una vez más.

Sherlock Holmes permaneció sentado en silencio por un momento, con la cabeza gacha y la mirada dirigida al resplandor rojo del fuego. Luego encendió su pipa y, recostándose en la silla, se puso a mirar los redondeles de humo azul, que se sucedían uno tras otro hacia el cielo raso.

—Pienso, Watson —dijo al fin—, que, entre todos nuestros casos, no hemos tenido ninguno más fantástico que este.

—Salvo, quizás, el del Signo de los Cuatro.

—Bueno, sí. Salvo ese, quizás. Pero aun así me parece que John Openshaw se está internando en un camino plagado de mayores peligros que el de los Sholtos.

—¿Pero se ha formado usted una idea clara de esos peligros? —pregunté.

—No caben dudas de su naturaleza —contestó.

—¿Pues de qué se trata? ¿Quién es ese K.K.K. y por qué persigue a esa desdichada familia?

Sherlock Holmes cerró los ojos, apoyó los codos sobre los brazos de su silla y juntó las puntas de sus dedos.

—El razonador ideal —observó—, una vez que le han expuesto un simple hecho con todos sus detalles, debería deducir a partir de este, no sólo la cadena de acontecimientos que condujeron a él, sino también todas las consecuencias que le seguirán. Del mismo modo en que Cuvier podría describir correctamente un animal entero a partir de la contemplación de un solo hueso, así el observador que ha comprendido cabalmente la conexión entre una serie de incidentes puede establecer con precisión las restantes, anteriores o posteriores. Aún no hemos sacado conclusiones que la razón por sí sola puede deducir. Los problemas deben ser resueltos por medio del estudio y allí no tienen el éxito los que buscan la solución con la ayuda de sus sentidos. Para elevar este arte a su grado más alto, sin embargo, es necesario que el razonador sea capaz de utilizar todos los hechos que llegaron a sus manos; y esto mismo implica, como verá enseguida, la posesión de un conocimiento total que, incluso en estos días de educación libre y enciclopedias, es un talento poco común. No es imposible, sin embargo, que un hombre posea un conocimiento total que le sea útil en su trabajo, y eso es lo que he tratado de hacer en mi caso. Si recuerdo bien, usted, en una ocasión, en los primeros días de nuestra amistad, definió mi perfil de un modo bastante preciso.

–Sí –respondí, riendo–. Era un documento singular. Filosofía, astronomía y política estaban calificadas con un cero, recuerdo. Botánica tenía una puntuación variable; profundos conocimientos de geología acerca de las manchas de barro producidas por cualquier región que se encuentre en un radio de cincuenta millas de la ciudad; algo de química excéntrica; estudios asistemáticos de anatomía, literatura sensacionalista y registros de crímenes únicos; es violinista, boxeador, esgrimista, abogado, y se envenena voluntariamente con cocaína[2] y tabaco. Creo que estos eran los puntos principales de mi análisis.

Holmes hizo una mueca al escuchar el último ítem.

–Bueno –afirmó–, ahora digo, como dije entonces, que un hombre debe tener su pequeña buhardilla mental provista de todo aquello que probablemente usará, y el resto puede colocarlo en el sótano de su biblioteca, donde lo buscará cuando lo necesite. Ahora, con un caso como el que nos ha sido expuesto esta noche, debemos, por cierto, utilizar todos nuestros recursos. Por favor, páseme la letra K de la *American Enciclopaedia* que se encuentra en el estante que tiene a su lado. Gracias. Ahora consideremos la situación y veamos qué puede deducirse de ella. En primer lugar, debemos comenzar con la firme presunción de que el coronel Openshaw tuvo una razón de mucho peso para abandonar América. Los hombres, a esa altura de la vida, no modifican sus hábitos ni cambian por su propia voluntad el clima encantador de Florida por una existencia solitaria en una ciudad rural de Inglaterra. Su amor extremo por la soledad en Inglaterra sugiere la idea de que temía algo o a alguien, por lo cual podemos tomar como hipótesis de trabajo que

---

[2] La *cocaína* era utilizada en el siglo XIX como un anestésico y se desconocían sus efectos nocivos.

fue el temor de algo o de alguien lo que lo alejó de América. A qué le temía, sólo podemos deducirlo considerando las terribles cartas que recibieron él mismo y sus sucesores. ¿Observó las estampillas de esas cartas?

—La primera era de Pondicherry, la segunda de Dundee y la tercera de Londres.

—Del este de Londres. ¿Qué deduce de eso?

—Todos son puertos. El que las escribió se encontraba a bordo de un barco.

—Excelente. Ya tenemos una pista. No cabe duda de que hay una probabilidad (una gran probabilidad) de que el que las escribió se encontrara a bordo de un barco. Y ahora consideremos otro punto. En el caso de Pondicherry, transcurrieron siete semanas entre la amenaza y su realización, en Dundee fueron solamente tres o cuatro días. ¿No le sugiere nada?

—Una mayor distancia de viaje.

—Pero la carta tiene también una mayor distancia para recorrer.

—Entonces no veo el punto.

—Existe al menos la presunción de que la embarcación en la que el hombre o los hombres están sea un buque mercante. Pareciera que siempre envían sus singulares advertencias o señales antes de comenzar su misión. Vea con qué velocidad el hecho siguió a la señal cuando vino de Dundee. Si hubieran llegado de Pondicherry en un vapor, habrían llegado casi al mismo tiempo que su carta. Pero, de hecho, pasaron siete semanas. Pienso que esas siete semanas representan la diferencia entre el barco correo que trajo la carta y el buque mercante que trajo al que la escribió.

—Es posible.

—Más que eso. Es probable. Y ahora puede ver la urgencia mortal de este nuevo caso y por qué insté al joven Openshaw a ser precavido. La desgracia ocurrió siempre cuando se cumplió el tiempo que les llevaba a los autores recorrer la distancia. Pero esta vez viene de Londres y, en consecuencia, no podemos contar con ningún plazo.

—¡Por Dios! ¿Qué puede significar esta implacable persecución?

—Los papeles que tenía Openshaw eran, obviamente, de vital importancia para la persona o las personas del buque mercante. Pienso que se trata, seguramente, de más de uno. Un hombre solo no hubiera podido llevar a cabo dos muertes de modo tal que engañara a un jurado de instrucción. Deben haber sido varios en este asunto, hombres de ingenio y determinación. Lo que quieren son sus papeles, sin importar quién los tenga. Vea cómo, de esta manera, K.K.K. dejan de ser las iniciales de un individuo y se convierten en el nombre de una sociedad.

–¿Pero qué sociedad?

–¿Nunca oyó hablar... –preguntó Sherlock Holmes, inclinándose hacia adelante y bajando la voz– nunca oyó hablar del Ku Klux Klan?

–Nunca.

Holmes hojeó el libro que tenía sobre las rodillas.

–Aquí está –dijo en seguida–. "Ku Klux Klan. Nombre derivado de la arbitraria semejanza del sonido producido al amartillar un rifle. Esta terrible sociedad secreta fue constituida por algunos soldados de la ex Confederación en los estados del sur, después de la Guerra Civil, y tuvo rápidamente ramas locales en diferentes partes del país, sobre todo en Tennessee, Louisiana, las Carolinas, Georgia y Florida. Su poder fue utilizado con propósitos políticos, principalmente para aterrorizar a los votantes negros, y asesinar o expulsar del país a todos aquellos que se opusieran a sus opiniones. Sus ultrajes estaban precedidos habitualmente por una advertencia que tenía una apariencia extraña pero reconocible y que le era enviada al hombre señalado: un ramito de hojas de roble en algunas partes, semillas de melón o de naranja, en otras. Al recibir esto, la víctima debía abjurar públicamente de sus ideas o bien huir del país. Si desafiaba la advertencia, le sobrevenía la muerte infaliblemente y, por regla general, de una manera imprevista y extraña. Tan perfecta era la organización de la sociedad, y tan sistemáticos sus métodos, que difícilmente sea posible encontrar registros de algún caso en el que un hombre lograra desafiarlos con impunidad, o que en alguno de los ultrajes quedaran rastros de los perpetradores. Durante algunos años, la organización floreció a pesar de los esfuerzos del gobierno de los Estados Unidos y de las mejores clases de la comunidad del sur. Finalmente, en el año 1869, el movimiento sufrió un colapso de un modo bastante súbito, aunque se hayan producido algunos brotes esporádicos del mismo tipo desde esa fecha".

–Se dará cuenta –prosiguió Holmes, apoyando el volumen– de que la súbita disolución de la sociedad coincidió con la desaparición de Openshaw de América con sus papeles. De aquí provienen, exactamente, la causa y el efecto. No hay nada asombroso en el hecho de que él y su familia tengan a los espíritus más implacables tras sus huellas. Puede ver que aquel registro y aquel diario debieron ser sumamente comprometedores para unos cuantos hombres importantes del sur y que debe haber muchos que no dormirán tranquilos de noche hasta que los recuperen.

–Entonces la página que hemos visto…

–Es lo que podemos esperar. Decía, si recuerdo bien, "semillas enviadas a A, B y C", esto es, la advertencia de la sociedad enviada a ellos. Luego hay sucesivas entradas que indican que A y B fueron liquidados, o abandonaron el país, y finalmente que C fue visitado con, me temo, consecuencias siniestras para C. Bien, doctor, pienso que debemos echar un poco de luz sobre esta oscuridad y creo que la única oportunidad que tiene el joven Openshaw, por lo pronto, es hacer lo que le dije. No queda nada más que decir o hacer esta noche, así que páseme el violín y tratemos de olvidar por media hora el clima miserable y las conductas aún más miserables de nuestros semejantes.

La mañana estaba despejada y el sol brillaba con una suave luz a través del mortecino velo que colgaba sobre la gran ciudad. Sherlock Holmes ya estaba desayunando cuando bajé.

–Me disculpará por no haberlo esperado –dijo–. El día de hoy, me parece, estaré muy ocupado con la investigación del caso del joven Openshaw.

–¿Qué pasos seguirá? –pregunté.

–Eso dependerá mucho de los resultados de mis primeras indagaciones. Por último, debo ir a Horsham.

–¿No irá primero?

–No, debo comenzar por el centro. No tiene más que llamar a la criada y le traerá su café.

Mientras esperaba, tomé de la mesa el diario sin abrir y le eché una mirada. Había un titular que me dio escalofríos en el corazón.

–¡Holmes –grité–, es demasiado tarde!

–¡Ah! –dijo, apoyando la taza–. Me lo temía. ¿Qué sucedió?

Hablaba con calma, pero pude ver que estaba profundamente conmocionado.

Se destacaban el nombre de Openshaw y el titular "TRAGEDIA EN LAS PROXIMIDADES DE WATERLOO BRIDGE". Esta es la crónica:

Entre las nueve y las diez de la noche de ayer, el policía Constable Cook, de la División H, que se encontraba de servicio en las proximidades del puente de Waterloo, oyó un grito de auxilio y un ruido en el agua. La noche, sin embargo, estaba en extremo oscura y tormentosa, por lo cual, a pesar de la colaboración de varios transeúntes, resultó completamente imposible efectuar el rescate. No obstante se dio la alarma y, con la ayuda de la policía náutica, el cuerpo fue finalmente recuperado. Pudo verse que era el de un joven cuyo nombre, según figuraba en un sobre que fue hallado en su bolsillo, era John Openshaw, y cuyo lugar de residencia se encuentra en las cercanías de Horsham. Se conjeturó que debía estar apurándose para tomar el último tren de la estación Waterloo y que debido a su prisa y por la extrema oscuridad, se perdió en el camino y anduvo por el borde de uno de los pequeños desembarcaderos de los vapores fluviales. El cadáver no mostraba signos de violencia y no caben dudas de que el muerto fue víctima de un infeliz accidente, aunque su desgracia debería ser un llamado de atención a las autoridades sobre el estado de los embarcaderos flotantes de la ribera.

Permanecimos sentados en silencio durante algunos minutos. Nunca había visto a Holmes más deprimido y perturbado.

–Esto me hiere el orgullo, Watson –dijo al fin–. Es un sentimiento mezquino, sin duda, pero me hiere el orgullo. Ahora se ha convertido en un asunto personal y, si Dios me da salud, pondré mi mano encima de esta banda de malhechores. ¡Él vino a mí en busca de ayuda y yo lo he enviado hacia la muerte…!

Saltó de su silla y comenzó a dar vueltas por la habitación dando muestras de una agitación incontrolable, mientras movía nerviosamente sus largas y finas manos, y sus pálidas mejillas se encendían.

—Deben ser astutos demonios —exclamó—. ¿Cómo lo han atrapado allí? El malecón no queda en línea directa con la estación. En el puente, sin duda, había demasiada gente, aun en una noche así, para cumplir su propósito. Bien, Watson, veremos quién ganará esta larga carrera. ¡Salgo ya mismo!

—¿A la policía?

—No; seré mi propia policía. Cuando haya tejido la red, ellos podrán atrapar las moscas; pero no antes.

Pasé todo el día ocupado en mi trabajo y ya era tarde cuando regresé a Baker Street. Sherlock Holmes aún no había vuelto. Eran cerca de las diez cuando entró, pálido y agotado. Se acercó al aparador y, tras tomar un terrón de azúcar, lo comió con voracidad, acompañándolo con un trago de agua.

—Tiene hambre —comenté.

—Estoy famélico. Me había olvidado. No he comido nada desde el desayuno.

—¿Nada?

—Ni un bocado. No tuve tiempo para pensar en eso.

—¿Y cómo le fue?

—Bien.

—¿Tiene una pista?

—Los tengo en mis manos. El joven Openshaw no estará mucho tiempo más sin ser vengado. ¡Vamos, Watson, pongamos nuestra propia marca diabólica sobre ellos! ¡Es un buen plan!

—¿Qué quiere decir?

Buscó una naranja de la alacena y, cortándola en pedazos, sacó las semillas y las colocó sobre la mesa. Tomó cinco de ellas y las metió en un sobre. En el lado interno de la tapa escribió "S.H. para J.C.", después lo cerró y lo dirigió al "capitán James Calhoun, barco *Estrella solitaria*, Savannah, Georgia".

—Esto lo estará esperando cuando entre en el puerto —dijo, riendo entre dientes–. Tendrá una noche de insomnio. Sabrá con seguridad que se trata de una advertencia sobre su destino, como le ocurrió antes a Openshaw.

–¿Y quién es este capitán Calhoun?

–El líder de la banda. Atraparé también a los otros, pero a este en primer lugar.

–¿Cómo le siguió la pista?

Sacó de su bolsillo una gran hoja de papel, llena de fechas y de nombres.

–He pasado el día entero –dijo– leyendo registros del *Lloyd* [3] y archivos de diarios viejos, siguiendo el recorrido de cada embarcación que tocó Pondicherry en enero y febrero del 1883. Se reportaron treinta y seis barcos de gran tonelaje durante esos meses. De todos, uno, el *Estrella solitaria*, atrajo inmediatamente mi atención, ya que, a pesar de que se ha registrado que zarpó de Londres, su nombre es el que lleva uno de los estados de la Unión.

–Texas, creo.

–No estaba ni estoy seguro de cuál; pero sé que el barco debe ser de origen americano.

–¿Y entonces?

–Revisé en los registros de Dundee y cuando leí que el barco *Estrella solitaria* estuvo allí en enero de 1885, mi sospecha se convirtió en certeza. Y luego indagué acerca de las embarcaciones que están ancladas ahora en el puerto de Londres.

–¿Sí?

–El *Estrella solitaria* llegó aquí la semana pasada. Fui hasta el muelle Albert y me enteré de que había zarpado con la marea de la mañana, de regreso a Savannah. Envié un telegrama a Gravesend y me informaron que pasó por allí hace un tiempo y, como sopla viento del este, no tengo dudas de que ahora está pasando por Goodwins y no está muy lejos de la isla de Wight.

---

[3] El *Lloyd's List* era un periódico londinense que se ocupaba de brindar información sobre movimientos marítimos.

–¿Qué hará usted, entonces?

Oh, lo tengo en mis manos. Él y los dos maestres son, según lo que pude saber, los únicos nacidos en América de todo el barco. Los otros son finlandeses y alemanes. Averigüé, también, que la otra noche fueron los tres que bajaron del barco. Esto lo supe gracias al estibador que estuvo cargando el buque. En el momento en que su embarcación llegue a Savannah, el barco correo habrá llevado esta carta, y el telegrama habrá informado a la policía de Savannah que estos tres hombres son buscados por asesinato.

Hay siempre una falla aun en las formulaciones más perfectas de los planes humanos mejor organizados, y los asesinos de John Openshaw nunca habrían de recibir las semillas de naranja que iban a mostrarles que otro, tan astuto y resuelto como ellos, estaba tras su huella. Los vientos del equinoccio fueron muy largos y muy severos aquel año. Esperamos durante mucho tiempo noticias del *Estrella solitaria* desde Savannah, pero no nos llegó ninguna. Escuchamos al fin que, en algún lugar del Atlántico, vieron un codaste[4] del barco, destrozado, flotando entre las olas, con las letras "E.S." talladas sobre él, y aquello fue todo lo que pudimos saber del destino del *Estrella solitaria*.

---

[4] El *codaste* es un madero grueso puesto verticalmente sobre el extremo de la quilla inmediato a la popa, y que sirve de fundamento a toda la nave.

LA AVENTURA DE LOS TRES ESTUDIANTES

Traducción de Horacio Guido

Título original: *The Adventure of the Three Students*.
Publicado en el periódico "The Strand", en 1904.

En 1895, una combinación de sucesos nos llevó a Sherlock Holmes y a mí a pasar algunas semanas en una de nuestras ciudades universitarias, y fue entonces cuando sucedió la aventura que voy a relatar. Es obvio que dar cualquier detalle que ayude al lector a identificar el colegio o al criminal sería imprudente y ofensivo. Es mejor evitar que un escándalo tan lamentable se reavive. De todos modos, con la debida discreción, se puede relatar el incidente, ya que será útil para mostrar todas aquellas cualidades por las que mi amigo se destacaba. Me esforzaré en mi exposición para no mencionar los indicios que permitan asociar estos hechos a un determinado lugar o dar una pista acerca de las personas involucradas.

Residíamos cerca de una biblioteca, en la que Sherlock Holmes llevaba adelante investigaciones fatigosas acerca de antiguos códices ingleses, investigaciones que condujeron a resultados tan sorprendentes que serán tema de alguno de mis relatos futuros. Fue allí donde recibimos una noche la visita de un conocido, el señor Hilton Soames, profesor del colegio de San Lucas. El señor Soames era un hombre alto y delgado, de temperamento nervioso y excitable. Siempre lo tuve por una persona de modales bruscos, pero esta vez se encontraba fuera de control: sin duda algo extraordinario había ocurrido.

–Confío, señor Holmes, en que pueda dedicarme unas pocas horas de su valioso tiempo. Un incidente muy desagradable ha ocurrido en San Lucas.

–Estoy muy ocupado ahora, y no deseo distracciones –contestó mi amigo–. Será mejor que recurra a la policía.

–No, mi estimado señor Holmes; tal solución es imposible. Una vez que la ley empieza a actuar, no se sabe dónde termina y esta es la clase de asunto en el que, por el buen nombre del colegio[1], es necesario evitar el escándalo. Su discreción es tan famosa como su inteligencia, y es usted la única persona que puede ayudarme. Le ruego que me escuche, señor Holmes.

El carácter de mi amigo no había mejorado desde que se alejara de los alrededores de Baker Street. Se sentía incómodo sin sus libros, sus experimentos de química, el desorden del hogar. Se encogió de hombros sin contestar, mientras nuestro visitante, con exagerados ademanes, se apuraba a contar su historia.

–Debo explicarle, señor Holmes, que mañana es el primer día de exámenes para obtener la beca Fortescue. Yo soy uno de los examinadores. Mi materia es griego, y el primer examen consiste en un extenso pasaje para traducir, que los postulantes no conocen. Este pasaje está impreso en la hoja de examen y sería, por supuesto, una ventaja inmensa que alguno de los aspirantes pudiese llevarlo preparado. Por eso se han tomado los mayores recaudos para que el tema permanezca en secreto.

"Hoy, a las tres en punto, recibí los impresos. El ejercicio consiste en la mitad de un capítulo de Tucídides[2]. Tenía que leerlo con cuidado, porque el texto no debía tener errores. A las cuatro y media no había terminado aún. Pero había prometido ir a tomar una taza de té a casa de un amigo, así que dejé las pruebas sobre mi escritorio. Estuve ausente más de una hora.

"Como usted sabe, Holmes, las puertas del colegio son dobles: una tapizada de paño verde y otra pesada, de roble sin tapizar. Cuando llegué a la puerta exterior me asombró ver una llave colocada en la cerradura; imaginé que había olvidado la mía, pero revisé mis bolsillos y la encontré. El único duplicado que existe, hasta donde sé, estaba en manos de mi mayordomo, Bannister, un hombre que ha estado con nosotros durante diez años, y cuya honestidad está absolutamente fuera de dis-

---

[1] Es una dependencia universitaria que cuenta con instalaciones para alojar a sus estudiantes (ver **Cuarto de herramientas**).
[2] Tucídides fue un historiador griego (460 a.C.– 400 a.C.).

72

cusión. Descubrí que la llave era en realidad suya, que había entrado para ofrecerme una taza de té y que, en un descuido, había olvidado sacar su llave al abandonar la habitación. Esto debe de haber ocurrido apenas salí. Su descuido, en otras circunstancias, hubiera importado poco, pero esta vez produjo consecuencias deplorables.

"Al mirar mi escritorio noté que lo habían revisado. La prueba estaba impresa en tres hojas, que había dejado juntas. Ahora, una se encontraba en el suelo, la otra en una mesita situada cerca de la ventana, y la tercera estaba donde la había dejado.

Holmes se estremeció por primera vez.

—La primera página en el piso, la segunda cerca de la ventana y la tercera donde usted la dejó —dijo.

—Exacto, señor Holmes. Me sorprende. ¿Cómo pudo saberlo?

—Le ruego que continúe su interesante relato.

—Por un momento pensé que Bannister se había tomado la imperdonable libertad de revisar mis papeles. Lo negó, sin embargo, con tal seriedad que me convencí de que decía la verdad. La alternativa era que alguien que pasaba viera la llave en la puerta y, al comprender que yo había salido, entrara para mirar los papeles. Una suma importante de dinero está en juego; se trata de una beca cuantiosa y alguien sin escrúpulos podría muy bien correr el riesgo para sacar ventaja sobre sus compañeros.

"Bannister quedó trastornado por el incidente. Casi se desmaya al descubrir que los papeles habían sido revisados. Le serví un poco de brandy y se dejó caer en un sillón, mientras yo revisaba el despacho cuidadosamente. Pronto vi que el intruso había dejado otras huellas además de los papeles revueltos. Sobre la mesita cercana a la ventana encontré las astillas de madera de un lápiz al que le habían sacado punta. Había también un trozo de mina rota. El entrometido quiso copiar el texto con tanto apuro que rompió la punta del lápiz y tuvo que afilarlo.

—¡Excelente! —dijo Holmes, que recobraba su buen humor a medida que su curiosidad aumentaba—. La Fortuna está de su lado.

—Esto no es todo. Tengo un escritorio nuevo, forrado en cuero rojo. Podría jurar, y Bannister también, que estaba impecable. Había un tajo de tres pulgadas de largo; no un raspón, sino un tajo evidente. Y no sólo eso, sino que hallé sobre la mesa unos pedacitos de pasta o tierra húmeda. No encontré huellas de pisadas ni ninguna otra evidencia. Estaba como atontado, hasta que me acordé de que, felizmente, usted estaba en la ciudad. ¡Ayúdeme, señor Holmes! Considere mi dilema. O bien encuentro al culpable o bien debo posponer el examen hasta que se prepare uno nuevo, y dado que esto no se puede hacer sin dar una explicación, sobrevendrá un escándalo horrible que no sólo manchará la reputación del colegio sino también a la universidad. Por sobre todo, quiero que el asunto se aclare con discreción.

—Me interesa el problema y lo aconsejaré lo mejor que pueda —contestó Holmes mientras se levantaba y se ponía el abrigo—. Y tendré mucho gusto en darle mi ayuda. ¿Lo visitó alguien en su oficina después de recibir los textos?

—Sí; el joven Daulat Ras, un estudiante hindú que vive en el mismo piso, vino a preguntarme sobre algunos detalles del examen.

—Para lo cual ingresó a su oficina.

—Sí.

—¿Y los impresos estaban sobre la mesa?

—Hasta donde recuerdo, estaban doblados.

—Pero, ¿podía reconocerse que eran los exámenes?

—Posiblemente.

—¿No había nadie más en la habitación?

—No.

—¿Alguna otra persona sabía que las pruebas estarían allí?

—Sólo el impresor.

—¿Y Bannister?

—No, por cierto. Nadie lo sabía.

—¿Dónde está Bannister ahora?

—¡Pobre hombre! Lo dejé descompuesto sobre el sillón. Estaba apurado por verlo a usted.

—¿Dejó la puerta abierta?

—Sí, pero antes guardé las hojas bajo llave.

–En suma, señor Soames: a menos que el estudiante hindú haya reconocido las pruebas, quien las revisó se encontró con ellas por casualidad.

–Así parece.

Holmes sonrió enigmáticamente.

– Bien, vamos. No es un caso para usted, Watson, pero venga si quiere. Ahora, señor Soames, estoy a su disposición.

La sala de nuestro cliente se abría al patio del viejo colegio. Una puerta de arco gótico llevaba a una escalera de piedra gastada. En la planta baja estaba la habitación del profesor. Arriba vivían tres estudiantes, uno en cada piso. Era de noche cuando llegamos. Holmes se detuvo frente a la ventana y, en puntas de pie, observó el interior de la habitación.

–Debe de haber ingresado por la puerta. No hay aberturas, excepto la ventana –advirtió nuestro guía.

–¡Por supuesto! –respondió Holmes, y sonrió de manera singular mientras observaba a nuestro compañero–. Bueno, si no hay nada más que examinar aquí, será mejor que entremos.

El profesor abrió la puerta exterior y nos hizo pasar. Él y yo permanecimos en el umbral, mientras Holmes inspeccionaba la alfombra.

–Me temo que no hay indicios aquí –dijo–. Pocas veces hay días tan secos. Su mayordomo parece haberse recobrado. Nos dijo que lo dejó en un sillón. ¿En cuál?

–Cerca de aquella ventana.

–Ya veo. Pueden entrar, ahora. Ya terminé con la alfombra. Veamos la mesita. Es claro lo que ha sucedido. El hombre entró y tomó los papeles, hoja por hoja, de la mesa central. Los llevó hasta la mesa de la ventana, porque desde allí podía verlo a usted llegar y, eventualmente, escapar.

–Él no pudo verme, porque entré por la puerta de servicio.

–Muy bien, pero de todos modos, eso es lo que él creía. Veamos las tres carillas. No hay huellas de dedos. Llevó esta primero y la copió. ¿Cuánto tiempo le puede haber llevado hacerlo? No menos de un cuarto de hora. Luego la dejó y tomó la siguiente. Estaba por la mitad de la segunda página cuando su regreso lo hizo escapar, tan rápido que no tuvo tiempo de ordenar las hojas para evitar que usted sospechase de su presencia. ¿No recuerda haber percibido ruido de pasos al entrar?

—No.

—El intruso escribía con tanta prisa que rompió la punta del lápiz y tuvo que sacarle punta. Esto es interesante, Watson. No se trata de un lápiz cualquiera. Es más grande que lo normal, de grafito blando, color azul, con el nombre del fabricante en letras plateadas, y que debe medir ahora unos cuatro centímetros. Busque el lápiz, señor Soames, y encontrará al hombre. Le doy una ayuda adicional: tiene un cortaplumas desafilado de hoja ancha.

El señor Soames parecía un poco asombrado por la catarata de información.

—Entiendo las demás observaciones, pero esta cuestión del tamaño del lápiz...

Holmes levantó una astilla, en la que se distinguían las letras NN.

—¿Comprende?

—No, me temo que incluso ahora...

—Watson, lo he tratado injustamente pues hay otros como usted. ¿Qué podría ser esta NN? Es el final de una palabra. Usted sabe que Johann Faber es la marca de lápices más común. ¿No resulta claro que lo que queda del lápiz es el final del nombre Johann?

Tomó la mesita y la acercó a la luz eléctrica.

—Si hubiese escrito en un papel delgado habrían quedado marcas sobre la superficie. No, no veo nada. No creo que haya más huellas. Veamos la mesa central. Este conito debe ser, según presumo, la pasta negra de la que me habló. Son unos montoncitos de tierra con su forma tan especial, como si fueran pequeñas pirámides. Aparentemente, tienen aserrín. Es muy interesante. Y el corte, según veo, es un verdadero desgarro. Comienza como un delgado raspón y termina en un agujero. Le agradezco, señor Soames, que me haya presentado el caso. ¿Adónde conduce esta puerta?

—A mi cuarto.

—¿Ha vuelto desde entonces?

—No, salí corriendo a buscarlo.

–Me gustaría examinarlo. ¡Qué lugar encantador de estilo antiguo! Les ruego que esperen un minuto, hasta que haya examinado el piso. No, no veo nada. ¿Y esta cortina? Veo que cuelga su ropa detrás de ella. Si alguien se viese obligado a esconderse debería hacerlo aquí: la cama es muy baja y el armario, demasiado estrecho.

Mientras Holmes alzaba la cortina me percaté, por cierta rigidez en su movimiento, de que estaba preparado para una emergencia. La cortina mostró al correrse nada más que tres o cuatro trajes colgados. Holmes se dio vuelta y, de pronto, se agachó.

–¿Qué es esto?

Era una pequeña pirámide de tierra, exactamente igual a la que estaba sobre la mesa. Holmes la sostuvo sobre la palma de su mano, bajo la luz eléctrica.

–Su visitante parece haber dejado huellas tanto en su dormitorio como en la sala.

–¿Por qué pudo haber querido entrar?

–Me parece claro. Usted volvió inesperadamente y él no se dio cuenta hasta que usted llegó frente a la puerta. ¿Qué podía hacer? Tomó todo lo que pudiera traicionarlo y corrió a esconderse en su cuarto.

–¿Usted me está diciendo, señor Holmes, que mientras yo hablaba en esta habitación con Bannister, teníamos al intruso preso en mi habitación?

–Así es como lo interpreto.

–Con seguridad hay otra alternativa, señor Holmes. ¿Observó la ventana de mi cuarto?

–Sí, es lo suficientemente grande como para que por ella pase un hombre.

–Exacto. Y da hacia un ángulo del patio, lo que la hace en parte invisible. Quizás el intruso entró por ella, dejó huellas en su marcha a través del cuarto y, al encontrar la puerta abierta, escapó por allí.

Holmes meneó la cabeza con impaciencia.

–Seamos prácticos –dijo–. Me ha dicho que hay tres estudiantes que usan esta escalera y que suelen pasar frente a su puerta.

–Efectivamente.

—¿Los tres se presentan al examen?

—Sí.

—¿Sospecha de alguno de ellos?

Soames dudó.

—Eso es algo muy delicado. No se puede sospechar de alguien sin tener pruebas.

—Escuchemos las sospechas; yo buscaré las pruebas.

—Le describiré en pocas palabras el carácter de cada uno de los tres muchachos que viven aquí. En el primer piso vive Gilchrist, joven atleta y muy estudioso, que juega en el equipo de *rugby* y de *cricket* y que obtuvo premios en carrera con obstáculos y en salto en largo. Es una persona noble y varonil. Su padre era el notable sir Jabez Gilchrist, quien se arruinó en las carreras de caballos. Mi alumno quedó pobre, pero es muy laborioso. Le irá bien.

"El segundo piso está ocupado por Daulat Ras. Es hindú, callado e inescrutable como la mayoría de los hindúes. Es muy aplicado, aunque el griego es su punto débil.

"En el piso superior vive Miles McLaren. Es un joven talentoso cuando se decide a trabajar, uno de los más brillantes de la universidad, pero es disperso e inconstante. Estuvo a punto de ser expulsado el primer año por provocar un escándalo en una casa de juegos. No ha estudiado una palabra durante el último trimestre y debería temer el momento del examen.

—Entonces —interrumpió Holmes—, ¿es este de quien sospecha?

—Yo no iría tan lejos, pero creo que, de los tres, es el menos improbable.

—Está bien. Ahora, señor Soames, veamos a su asistente, Bannister.

Era un hombrecito de unos cincuenta años, el cabello gris y el rostro pálido. Aún sufría por la repentina alteración de su rutina. Su rostro plomizo estaba crispado por el nerviosismo y sus dedos no podían estarse quietos.

—Estamos investigando este acontecimiento desgraciado—le dijo su jefe.

—Sí, señor.

–Entiendo –dijo Holmes– que dejó olvidada la llave en la cerradura.

–Sí, señor.

–¿No considera extraordinario el haberlo hecho justo el día en que estos papeles se encontraban aquí?

–Es algo desafortunado. Pero esto ya me ha ocurrido en otras ocasiones.

–¿Cuándo entró en la oficina?

–Alrededor de las cuatro y media. Es la hora del té del señor Soames.

–¿Cuánto tiempo permaneció dentro?

–Me retiré en cuanto vi que el señor no estaba.

–¿Echó una mirada a los papeles sobre la mesa?

–No, señor, por cierto que no.

–¿Cómo fue que se olvidó la llave en la cerradura?

–Tenía las manos ocupadas con la bandeja del té. Pensé en volver por la llave, pero luego lo olvidé.

–La puerta exterior, ¿tiene una cerradura de resorte?

–No, señor.

–Entonces, ¿quedó abierta todo el tiempo?

–Sí, señor.

–Por lo tanto, alguien que estuviese dentro pudo haber salido.

–Sí, señor.

–Cuando el profesor volvió y lo llamó, ¿se conmocionó mucho?

–Sí, señor. Es que en los años que llevo trabajando en esta institución jamás había sucedido algo semejante. Casi me desmayo, señor.

–Comprendo. ¿Dónde estaba cuando se sintió mal?

–¿Dónde estaba? Allí, frente a la puerta.

–Es extraño, ¿por qué no eligió las otras sillas?

–No lo sé, señor, no me preocupé por elegir dónde sentarme.

–No creo que estuviese en condiciones de saberlo, señor Holmes –sugirió el profesor.

–Cuando su jefe se fue, ¿se quedó usted aquí?

–Sólo unos minutos. Luego cerré la puerta y me retiré a mi habitación.

–¿De quién sospecha?

—No podría decirlo, señor. Me parece imposible que algún estudiante de este colegio pueda llevar a cabo un acto semejante. No, no lo puedo creer.

—Gracias, es suficiente —dijo Holmes—. Ah, una pregunta más, ¿le contó a alguno de los tres residentes lo sucedido?

—No, señor; ni una palabra.

—¿Ha visto a alguno de ellos?

—No, señor.

—Muy bien. Ahora, señor Soames, si le parece, vayamos a pasear por el jardín.

Tres rectángulos de luz brillaban sobre nosotros en la oscuridad.

—Sus tres pájaros están en los nidos —exclamó Holmes mirando hacia arriba—. Pero uno de ellos parece intranquilo.

Era el hindú, cuya silueta azul apareció, de pronto, sobre la ventana. Iba y venía por el cuarto.

—Me gustaría visitarlos ahora. ¿Es posible? —preguntó Holmes.

—Por supuesto —respondió Soames—. Esas tres habitaciones son las más antiguas del colegio y es usual mostrárselas a los visitantes. Vengan, los llevaré personalmente.

—Sin nombres, por favor —susurró Holmes, mientras esperábamos frente a la puerta de Gilchrist.

Un muchacho alto, rubio y delgado nos abrió y nos dejó pasar con amabilidad cuando supo el motivo de nuestra visita. La habitación era un ejemplo muy particular de arquitectura medieval, y a Holmes le gustó tanto que insistió en dibujar uno de los rincones. Pero rompió su lápiz y debió pedirle al estudiante que le prestara uno; finalmente le solicitó un cortaplumas para afilar el suyo. El mismo incidente curioso tuvo lugar en la habitación del hindú, pequeño, callado y de nariz corva, que nos observaba con recelo y que no pudo disimular su satisfacción cuando Holmes terminó con sus estudios arquitectónicos. Era evidente que, en cada caso, Holmes había intentado seguir la pista que tenía. Sólo nos falló la tercera visita. La puerta permaneció cerrada y a nuestros llamados no respondió sino un torrente de palabrotas.

–¡No me importa quiénes son ustedes! ¡Váyanse al diablo! ¡Mañana es el examen y no estoy dispuesto a perder el tiempo!

–Un joven mal educado –dijo nuestro guía, colorado de furia mientras descendíamos por la escalera–. Por supuesto, no sabía que yo era uno de los que llamaban a la puerta, pero, de cualquier manera, su conducta fue descortés y, en las actuales circunstancias, un poco sospechosa.

Holmes deslizó una pregunta curiosa.

–¿Me podría decir su altura exacta?

–La verdad, señor Holmes, no lo sé. Es más alto que el hindú, no tan alto como Gilchrist. Supongo que debe medir cerca de un metro sesenta.

–Eso es muy importante. Y ahora, señor Soames, le deseo buenas noches.

Nuestro guía no pudo ocultar su sorpresa.

–¿Va a dejarme así, señor Holmes? Parece no darse cuenta de mi situación. Mañana es el día del examen. Necesito hacer algo esta noche. No puedo permitir que el examen se lleve a cabo si uno de los temarios fue copiado. Debemos hacer frente a la situación.

–Déjelo así. Mañana vendré temprano y conversaremos. Es posible que entonces esté en situación de indicarle alguna solución. Mientras tanto, no cambie nada.

–Bien, señor Holmes.

–Quédese tranquilo. Encontraremos alguna salida a sus dificultades. Me llevo la tierra negra y, también, la viruta del lápiz. ¡Adiós!

Cuando estuvimos en el patio, observamos otra vez las ventanas. El hindú seguía yendo y viniendo. Los demás eran invisibles.

–¿Qué piensa de esto, Watson? –preguntó Holmes, ya en la calle–. Vaya juego de salón; una especie de truco de magia con tres cartas, ¿no es verdad? Uno de esos tres caballeros ha sido, ¿por cuál se inclina?

–Por el malhablado del tercer piso. Es el de peor reputación. Sin embargo, el hindú parece algo taimado. ¿Por qué camina sin cesar por su habitación?

–Eso no tiene nada de especial. Mucha gente se pasea de ese modo cuando tiene que aprender algo de memoria.

—Nos miraba de un modo extraño.

—Usted hubiera hecho lo mismo si unos desconocidos lo hubieran interrumpido en vísperas de un examen. No, no veo nada extraño en él. Además, lápices y cortaplumas, todo estaba bien. Pero aquel tipo me preocupa.

—¿Quién?

—Bannister, el mayordomo. ¿Cuál es su papel?

—Me pareció un hombre honrado.

—A mí también, y eso es lo sorprendente; ¿por qué un hombre honrado habría de...? Pero mire... Allí hay una librería grande. Comenzaremos por aquí nuestra investigación.

Sólo había cuatro librerías en la ciudad, y en cada una de ellas Holmes mostró las astillas del lápiz y solicitó otro igual; en todas le contestaron del mismo modo: que no tenían de esa clase de lápices, pero los podían encargar. Mi amigo no parecía deprimido por el fracaso, pero encogía los hombros con gesto de resignación.

—Malas noticias, querido Watson. La mejor pista no nos lleva a ningún lado. La verdad es que dudo de que podamos tener el caso resuelto sin ella. ¡Por Júpiter! Son casi las nueve y la casera dijo algo acerca de un guisado a las siete y media. Cómo me he equivocado esperando que usted, con su eterno tabaco y su irregularidad en las comidas, se diera cuenta de que es hora de regresar, aunque aún no hayamos resuelto el problema del profesor nervioso, el sirviente descuidado y los tres estudiantes emprendedores.

Holmes no volvió a aludir al caso durante el resto del día, aunque estuvo meditando durante un largo rato después de la cena. A las ocho de la mañana siguiente entró en mi habitación.

—Bien, Watson, es hora de ir a San Lucas. ¿Puede pasar sin su desayuno?

—Por cierto.

—Soames estará impaciente hasta que podamos decirle algo positivo.

—¿Tiene algo bueno para comunicarle?

—Eso creo.

—¿Encontró la solución?

–Sí, querido Watson, he resuelto el misterio.

–Pero, ¿con qué nueva evidencia?

–No es por nada que me levanté a las seis. En estas dos horas hice no menos de siete kilómetros. Mire.

Me mostró la palma de su mano, donde había tres pequeñas pirámides de tierra negra.

–Ayer no tenía más que dos.

–Y una más esta mañana. Parece razonable suponer que la número tres proviene del mismo lugar que la uno y la dos. Apúrese, Watson, y vayamos a tranquilizar a nuestro amigo Soames.

El pobre profesor daba pena cuando lo visitamos en su habitación. En pocas horas comenzaría el examen y aún dudaba entre hacer público lo sucedido o permitir al culpable competir por la beca. Corrió hacia Holmes retorciéndose las manos.

–¡Gracias a Dios! Temía que me hubieran abandonado. ¿Qué debo hacer? ¿Se pueden tomar los exámenes?

–Por supuesto que sí.

–Pero, ¿y el canalla?

–No va a participar.

–¿Sabe quién es?

–Creo que sí. Si el asunto no tomará estado público, sugiero que constituyamos nosotros un tribunal privado. Por favor, siéntese aquí. Watson, aquí. Yo me sentaré en el sillón del medio. Creo que así lograremos intimidar a la conciencia culpable. Hágame el favor de tocar el timbre.

Bannister entró, y vaciló con evidente temor ante nuestra apariencia judicial.

–Cierre la puerta si es tan amable –le dijo Holmes–. Ahora, Bannister, ¿podría decirnos la verdad respecto del incidente de ayer?

El hombre palideció hasta la raíz del pelo.

–Señor, ya le dije todo lo que sabía.

–¿No quiere añadir nada?

–En absoluto, señor.

–Bien. Entonces me veré obligado a hacerle algunas sugerencias.

Cuando ayer a la tarde se sentó en ese sillón, ¿lo hizo para esconder algún objeto que pondría en evidencia al intruso?

El rostro de Bannister se tornó lívido.

—No, señor, por cierto que no.

—Es sólo una sugerencia —dijo Holmes con suavidad—. Admito francamente que no puedo demostrarlo. Pero parece bastante probable que, cuando el señor Soames se dio vuelta, usted sacó al intruso del dormitorio.

Bannister se humedeció los labios resecos.

—No había nadie, señor.

—Es una pena, Bannister. Hasta este momento pudo haber dicho la verdad, pero ahora sé que miente.

Su rostro se volvió desafiante.

—No había nadie, señor.

—¡Vamos, Bannister!

—No, señor, no había nadie.

—En ese caso, no podemos sacar nada más en limpio de su testimonio. ¿Podría ser tan amable de permanecer en la habitación? Párese cerca de la puerta del dormitorio. Ahora, Soames, le voy a pedir que tenga la amabilidad de subir a la habitación del joven Gilchrist y pedirle que baje aquí.

Un instante después, el profesor volvió con el estudiante. Este poseía una fina figura; era muy alto y ágil, se movía con paso elástico y tenía un rostro franco y agradable. Los ojos azules del muchacho nos observaron con preocupación, para luego detenerse con expresión de temor sobre la figura de Bannister, en el rincón lejano.

—Cierre la puerta —dijo Holmes—. Ahora, señor Gilchrist, estamos aquí a solas y nadie se enterará de lo que digamos. Podemos ser francos. Quisiéramos saber, señor Gilchrist, por qué usted, un hombre respetable, pudo cometer una acción como la de ayer en esta oficina.

El infortunado joven retrocedió unos pasos y dirigió una mirada llena de reproche a Bannister.

—¡No, no, señor Gilchrist, nunca dije ni una palabra! —exclamó el mayordomo.

–No, pero lo ha hecho ahora –dijo Holmes–. Comprenderá que después de las expresiones de Bannister su posición es comprometida. Su única oportunidad reside en una confesión sincera.

Por un momento, Gilchrist intentó contenerse. Al instante siguiente se dejó caer de rodillas, hundiendo la cara en sus manos, y estalló en una tormenta de llanto apasionado.

–Vamos, vamos –dijo Holmes bondadosamente–. Es humano cometer errores y al menos nadie podrá acusarlo de ser un delincuente insensible. Quizá sea mejor para usted si soy yo quien le cuenta al señor Soames lo ocurrido. Si me equivoco en algo, interrúmpame. ¿Puedo comenzar? Bueno, no se moleste en contestar. Escuche, y verá que no seré injusto.

"Desde el momento, señor Soames, en que me dijo que nadie, ni siquiera Bannister, sabía que las pruebas estaban aquí, el caso comenzó a aclararse en mi mente. Del impresor no había por qué desconfiar. Él podría haber examinado los papeles en su propio taller. Tampoco sospeché del estudiante hindú. Si las hojas estaban dobladas, él no podía adivinar de qué se trataba. Por otra parte, parece una coincidencia más que improbable que alguien se atreviese a entrar y que, por casualidad, los textos estuviesen sobre el escritorio. La persona que entró sabía que los papeles estaban allí.

"Cuando me aproximé a su habitación, examiné la ventana. Me divirtió que usted creyese que yo evaluaba la posibilidad de que alguien, a plena luz del día, a la vista de todo el mundo, hubiera intentado forzar la entrada por allí. Tal idea era absurda. Lo que pretendía saber era cuán alto debía ser un hombre para que, al pasar, pudiera distinguir qué clase de textos había sobre la mesa.

"Yo mido un metro ochenta y tres y sólo podría hacerlo con algún esfuerzo. Sólo alguien por lo menos tan alto como yo podía tener alguna oportunidad. Ya pueden ver cuáles eran mis razones para investigar al más alto de los tres.

"Después de entrar le conté mis impresiones acerca de la mesa pequeña. De la mesa central no pude deducir nada, hasta que me mencionó que Gilchrist hacía salto en largo. Luego de eso, sólo necesitaba pruebas que corroboraran mis sospechas, y no tardé en obtenerlas.

"Esto fue lo que sucedió: este joven pasó la tarde en el campo de atletismo, donde estuvo practicando. Volvió con sus zapatos de salto, provistos, como usted sabe, de clavos en la suela. Cuando pasó frente a la ventana, su altura le permitió ver las hojas sobre su escritorio y dedujo de qué se trataba. Quizás no hubiera tenido la tentación de entrar si no hubiera visto la llave aún colocada en la cerradura por el descuido de su criado. Un impulso repentino lo llevó a entrar y comprobar si eran, en realidad, las pruebas. Hasta allí no había riesgo; siempre podía aducir que había ingresado para hacer alguna pregunta.

"Cuando comprobó que, efectivamente, se trataba de los exámenes, cedió a la tentación. Puso los zapatos sobre la mesa. A propósito, ¿qué fue lo que dejó sobre el sillón de la ventana?

—Los guantes —dijo el joven.

Holmes miró triunfante a Bannister.

—Dejó los guantes y tomó los textos, uno por uno, para copiarlos. Pensó que el profesor volvería por la puerta principal, y que lo vería entrar. Como sabemos, lo hizo por una lateral. De pronto lo oyó frente a la puerta. No había escape posible. Olvidó los guantes, pero tomó los zapatos y entró como una flecha en la habitación. Fíjese que el roce de la mesa se hace más profundo en dirección a su alcoba. Eso es suficiente para mostrarnos que tiró del zapato en esa dirección y que allí es donde el culpable se ocultó. La tierra que cubría uno de los clavos del zapato quedó sobre la mesa, y una segunda muestra se aflojó y cayó en el dormitorio. Fui al campo de atletismo esta mañana y comprobé que esa arcilla negra es la que se usa en el cajón de salto. ¿Dije la verdad, señor Gilchrist?

—Sí, señor, es verdad.

—¡Por Dios! ¿No tiene nada que decir? —gritó Soames.

—Sí, señor, pero el impacto del relato me ha anonadado. Tengo aquí una carta, señor Soames, que le escribí esta madrugada, después de una noche intranquila. Lo hice antes de saber que mi falta había sido descubierta. Dice: 'He decidido no participar del examen. Me han ofrecido un puesto en la policía de Rodhesia y me marcho a Sudáfrica de inmediato'.

—Me alegra saber que renuncia a beneficiarse de su ventaja malhabida —dijo Soames—. Pero, ¿qué lo hizo cambiar de actitud?

Gilchrist señaló a Bannister.

—Ese es el hombre que me puso en el buen camino.

—Venga, Bannister —dijo Holmes—. Es claro que sólo usted pudo dejar salir a este joven. Era increíble pensar que escapase por la ventana. ¿Podría contarnos qué motivos tuvo para actuar así?

—Es muy simple, señor; pero, a pesar de su perspicacia, era imposible que lo supiese. Yo fui mayordomo de sir Jabez Gilchrist, padre de este joven. Cuando se arruinó, entré aquí como criado, pero nunca olvidé a mi antiguo empleador. Cuidé siempre de su hijo en memoria de los viejos tiempos. Ayer, cuando entré en esta habitación y supe lo ocurrido, lo primero que vi fueron los guantes del señor Gilchrist olvidados en ese sillón. Comprendí todo y me dejé caer sobre ellos. Luego apareció mi pobre y joven amo, a quien en otros tiempos tuve jugando sobre mis rodillas, y me confesó todo. ¿No era natural que tratara de salvarlo, que tratara de hablarle como lo hubiera hecho su finado padre, y que intentara hacerle entender que no debía aprovecharse de su acción? ¿Pueden reprochármelo?

—Por cierto que no —dijo Holmes, conmovido, poniéndose de pie—. Bien, Soames, creo que hemos resuelto su problema y nuestro desayuno nos espera en casa. ¡Vamos, Watson! En cuanto a usted, señor, confío en que le aguarda un futuro brillante en Rodhesia. Esta vez ha caído bajo. Demuéstrenos en el futuro cuán alto puede llegar.

Manos a la obra

Relatos de crímenes

■ Los tres cuentos de este libro relatan investigaciones de Sherlock Holmes. Completen las siguientes frases.

• En "Los tres estudiantes", el detective intenta descubrir ...
....

• En "El carbunclo azul", comienza averiguando ....;
pero la investigación ....

• En "Las cinco semillas de naranja", se investigan las muertes de ...., para salvar la vida.....................;
pero ....

El narrador de las aventuras

Las aventuras de Sherlock Holmes son narradas por su querido amigo John Watson, que acompaña al detective en las investigaciones y es testigo de los hechos que cuenta.

■ Elijan las opciones correctas.
Al narrar, Watson manifiesta, respecto del detective:

**afecto – indiferencia – envidia – admiración – respeto
devoción – menosprecio – gratitud – desprecio – piedad**

■ Lean, en **Cuarto de herramientas**, el listado de los casos de Sherlock Holmes. Elijan uno y narren un nuevo caso policial del detective, teniendo en cuenta el título. Una vez que hayan terminado, lean el original para cotejar semejanzas y diferencias con el relato de Doyle.

Manos a la obra

A interpretar indicios

■ El detective descubre a los culpables después de analizar e interpretar las pistas que dejaron. Completen el cuadro.

Relato	Pistas	Interpretaciones
"La aventura de los tres estudiantes"	• astillas de madera de un lápiz • .... • .... •	El culpable debió sacar punta al lápiz
"Las cinco semillas de naranja"	• .... • .... • .... •	
"La aventura del carbunclo azul"	• tarjetas en la pata del ganso • .... • .... •	

Las reglas de oro del policial

■ Una de las reglas que debe cumplir un relato policial dice que el principal sospechoso no es el culpable.

• ¿Quiénes son los sospechosos en "Los tres estudiantes"? ¿Qué cualidades los vuelven sospechosos?

- ¿Quién es el personaje más sospechoso de "La aventura del carbunclo azul"? ¿Por qué?
- ¿Se cumple la regla mencionada en estos dos relatos? ¿Por qué?

■ Otra regla dice que el crimen no puede ser ocasionado por causas fantásticas o sobrenaturales. Sin embargo, algunas historias, como "Las cinco semillas de naranja", sugieren que las muertes sucedieron por razones misteriosas.

- *La muerte del tío*
  ¿Qué cambios pudo ver John Openshaw en la conducta de su tío, después de que le llegara el sobre con las cinco semillas de naranja?
  ¿Qué se deduce, al principio, de esos cambios? ¿Cómo murió el coronel Openshaw?
  ¿Imaginaban, al comenzar a leer, que se trataba de un asesinato, o suponían que en la muerte había intervenido una causa extraña? ¿Por qué?
- *La muerte del padre*
  ¿Había algún indicio de asesinato en la muerte del padre?
- *El desenlace*
  Cuando el detective ya ha descubierto a los culpables, sólo falta que la policía los atrape; pero esto nunca sucede. ¿Cuál es la causa? ¿Creen que intervino el destino? ¿Por qué?

Las metáforas

Sherlock Holmes usa metáforas para explicar sus deducciones, sus modos de proceder, sus ideas, en un intento porque resulten más claras para quienes lo escuchan.

La *metáfora* sustituye un término por otro. Entre ambos términos existe cierta semejanza de significado, pero en un sentido figurado. Por ejemplo, Holmes habla de la memoria como si fuera un desván, donde se guarda información. En un sentido figurado, la memoria puede considerarse como un depósito, no de cosas viejas, sino de conocimientos, experiencias, recuerdos.

■ Expliquen el significado de las metáforas empleadas en las siguientes expresiones.

> *[...] un hombre debe tener su pequeña buhardilla mental provista de todo aquello que probablemente usará, y el resto puede colocarlo en el sótano de su biblioteca, donde lo buscará cuando lo necesite.*
>
> "Las cinco semillas de naranja"

> *—Tengo casi todos los eslabones de la cadena en mi mano, todas las pruebas que podría necesitar, así que es bien poco lo que puede aportar para este caso. [Le dijo Holmes a Ryder].*
>
> "La aventura del carbunclo azul"

> *En cuanto a usted, señor [Gilchrist], confío en que le aguarda un futuro brillante en Rodhesia. Esta vez ha caído bajo. Demuéstrenos en el futuro cuán alto puede llegar.*
>
> "La aventura de los tres estudiantes"

Caras que hablan

■ Elijan, entre los retratos, la cara que les parezca más adecuada para un detective inteligente. Invéntenle un nombre apropiado y descríbanlo.

El detective maestro

Sherlock Holmes no sólo descubre a los culpables, sino que intenta enseñarles cómo deben actuar.

- ¿Quiénes son los culpables en los casos del intento de copiar las hojas de examen y del robo del carbunclo azul?

- El detective, ¿los denuncia? ¿Qué actitud adopta ante los culpables? ¿Por qué?

El punto de vista cambia la historia

Como ya vimos, quien narra las aventuras de Sherlock Holmes es Watson. Pero una misma historia puede cambiar según la persona que la cuente.

- Formen grupos de tres integrantes y lean la siguiente información.

  - Se ha producido un robo en un banco: en seis meses, han faltado 36.000 pesos de uno de los cajeros automáticos.
  - La policía sospecha del empleado que, cada día, repone el dinero del cajero automático.
  - El gerente del banco contrata a un detective.
  - El detective pide pasar una noche en el banco. En esa noche estudia los legajos de cada uno de los empleados y, con un técnico en computación, revisa las máquinas con que trabaja cada uno.
  - Luego de esa noche de trabajo febril, el detective saca como conclusión que el culpable se encuentra entre tres empleados cuyas computadoras tienen relación con el cajero automático: el señor Francisco González, quien ya tiene nietos y está a punto de jubilarse; la señorita Julia Noya, quien en un mes viajará a España para completar sus estudios, enviada por el banco; y el joven Matías Moro, conocido como un experto en temas de compu-

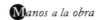

tación y por haber creado, en Internet, un sitio de juegos que tiene mucho éxito.

• El técnico en computación comprueba que el robo pudo haber sido efectuado desde cualquiera de las tres máquinas. Todos los días, el hábil ladrón "engañó" al cajero automático, quitándole desde su computadora 200 pesos diarios que, en el término de seis meses, sumaron la cifra de 36.000.

• Al día siguiente, el detective va al cajero automático en cuestión y se hace pasar por un cliente más. Con una clave especial que repite la operación que el ladrón hacía desde su computadora, le pide a la máquina 200 pesos y traba su funcionamiento. Pide ayuda en el mostrador, donde están los tres sospechosos, porque está seguro de que sólo el ladrón podrá hacer funcionar la máquina nuevamente.

• Cuando el o la culpable acude en su ayuda, el detective toma el dinero, le agradece y le pide que lo acompañe al despacho del gerente, donde el/la culpable finalmente confiesa el motivo del robo.

■ Decidan cuál de los tres empleados es el culpable e inventen las razones que tenía el ladrón para cometer el robo. Recurran a su imaginación y a su ingenio para que las causas resulten novedosas.

■ Luego, cada uno de los integrantes del grupo debe elegir un personaje diferente para que relate la historia. Uno puede decidir contarla desde el punto de vista del detective, otro desde el del ladrón y un tercero puede hacerlo desde la perspectiva del acusado. Una vez terminado el trabajo, intercambien los textos y comprueben de qué manera se ha modificado la historia según el personaje que la narra.

Historias azarosas

Las historias policiales suelen sorprendernos porque combinan objetos, personas, profesiones e intenciones que no se nos hubieran ocurrido. En "La aventura del carbunclo azul", a partir de un ganso y de un sombrero, surge la historia del robo de un rubí, en la que misteriosamente se relacionan una condesa, un conserje, una mucama, un plomero y varios comerciantes.

A continuación, les proponemos una forma para lograr combinaciones ingeniosas que les permitan inventar policiales originales.

■ Formen grupos de cuatro alumnos.

■ Completen el cuadro, siguiendo el modelo, pero sin pensar en las combinaciones que puedan resultar.

	1	2	3	4
Detective			Un periodista	
Ayudante	Un estudiante			
Víctima		Una actriz de TV		El panadero
Sospechoso	Un chofer de taxi			
Culpable			Un famoso modisto	
Pista		Una marca de cigarrillos		Un guante
Lugar	Un ascensor			

■ Sorteen, entre los integrantes del grupo, los números de las columnas.

■ Con la combinación que les haya tocado en suerte, imaginen una historia policial y escríbanla.

Criptograma

El caso de las semillas de naranja podría haberse resuelto antes, si la policía hubiera descifrado el anónimo que llegó a la seccional. En el mensaje habían sido reemplazadas las letras por números.

> 35   2676635   67367429   383   273746236   767
> 64362767   335   58   5589   5526   74   66   46837843636
> 46633428263683   42272   627   6837837.

■ Intenten decodificar el mensaje. Una ayudita: los que enviaron el anónimo emplearon las equivalencias entre números y letras que aparecen en las teclas de los teléfonos.

1	2	3
	ABC	DEF
4	5	6
GHI	JKL	MNO
7	8	9
PRS	TUV	WXY
	0	

La carta delatora

El misterio que rodea la muerte de un viajero, en un castillo de Inglaterra, sólo podrá resolverse cuando alguien descifre las pistas halladas en el lugar del crimen. Entre otros objetos del castillo, se encontró esta carta junto al cadáver.

> *A quien lea estas líneas:*
> *Escribo esta carta porque presencié el crimen, pero no me atrevo a declarar quién fue el culpable. Sólo puedo decir que, como yo, se hallaba presente en la reunión que ofreció esa noche la duquesa.*

■ Descubran al culpable y al testigo, ocultos en los nombres de la lista de invitados.

LISTA DE INVITADOS

Ester Caimás   Benjamín Grande
Hugo Testi   Andy Plomático
Vale Oroño   Elba Pluc

El misterio del cuarto cerrado

■ Observen la escena del crimen.

■ En una habitación sin ventanas ni muebles, se halló a un hombre ahorcado con el cable de una lámpara. El techo se encuentra a 4 metros del piso y la única pista es un gran charco de agua bajo los pies del hombre que se ha suicidado. ¿Cómo fue posible que el hombre llegara hasta su improvisada horca?

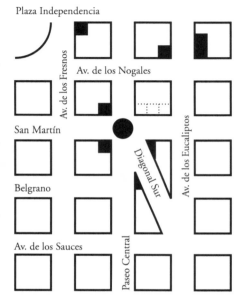

Un asesino suelto en la ciudad

En la ciudad provinciana de Los Bosques ha ocurrido un crimen inexplicable: un anciano, que vivía solo, apareció apuñalado en su antigua casa, situada en Avenida de los Nogales y Avenida de los Eucaliptos. El asesino dejó una pequeña esquela con una clave: "No me detendré hasta terminar con las esquinas arboladas".

■ ¿Qué les parece que va a hacer el asesino? ¿Cómo prevendrían, si fueran el detective, los futuros crímenes? Para darles algunas pistas, les mostramos el plano de la ciudad.

SOLUCIONES:

Criptograma: "El coronel Openshaw fue asesinado por miembros del Ku Klux Klan. Si no interviene inmediatamente, habrá más muertes".

La carta delatora: la culpable es Elba Pluc y el testigo es Hugo Testi.

El misterio del cuarto cerrado: el suicida pudo trepar hasta la lámpara porque llevó a la habitación un bloque de hielo, que luego se derritió.

Un asesino suelto en la ciudad: el asesino cometerá otros tres crímenes en la intersección de las avenidas que tienen nombres de árboles.

Cuarto de herramientas

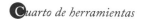

Arthur Conan Doyle

Sir Arthur Conan Doyle nació el 22 de mayo de 1859 en Edimburgo, en el seno de una familia de irlandeses católicos. Estudió medicina y ejerció la profesión hasta 1891, puesto que su verdadera vocación estaba ligada a la literatura, a la que consagró su vida. Murió el 7 de julio de 1930, en Sussex.

John Watson

Estudio en escarlata[1] fue la primera historia de Arthur Conan Doyle en la que apareció Sherlock Holmes. Transcribimos de ella el retrato que hace Watson de sí mismo y el que hace del detective.

> *En el año 1878, me gradué como doctor en Medicina en la Universidad de Londres, y me trasladé a Netley con el fin de seguir el curso prescripto para los cirujanos del Ejército. Después de terminar mis estudios allí, me asignaron al Quinto Regimiento de Fusileros como cirujano ayudante. En ese momento, el regimiento estaba apostado en la India, y, antes de que pudiera unirme a él, estalló la segunda guerra de Afganistán.*
>
> *[...] Allí una bala me hirió el hombro, me destrozó el hueso y me rozó la arteria subclavicular.*
>
> *[...] Durante meses se temió por mi vida y, cuando por fin reaccioné y entré en convalecencia, estaba tan débil y extenuado, que una junta médica determinó que debían enviarme a Inglaterra sin perder un solo día. En consecuencia, me despacharon en el transporte militar Orontes, y desembarqué un mes más tarde en el muelle de Portsmouth con la salud irremediablemente arruinada, pero con el permiso de un gobierno paternal para consagrar los siguientes nueve meses a tratar de mejorarla.*
>
> *No tenía parientes ni conocidos en Inglaterra, por lo que era tan libre como el aire, o como se lo permitía a un hombre un ingreso de once chelines y seis peniques diarios.*

Debido a esta precaria situación económica, Watson buscaba una persona con quien compartir la vivienda y los gastos. Así conoció a Sherlock Holmes, con quien alquiló las habitaciones del 221B de Baker Street. El doctor John Watson se casó luego con la protagonista de *El signo de los cuatro*, Mary Morstan.

---

[1] Conan Doyle, Arthur. *Estudio en escarlata*. Buenos Aires, Cántaro, 2001.

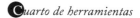

Sherlock Holmes

Holmes, sin duda, no era un hombre difícil para convivir. Tenía actitudes tranquilas y costumbres regulares. Era raro que estuviera despierto después de las diez de la noche e invariablemente había desayunado y salido antes de que yo me levantara por la mañana. A veces, pasaba el día en el laboratorio químico; a veces en las salas de disección y, de vez en cuando, hacía largos paseos, que parecían llevarlo a los barrios más bajos de la ciudad. Nada podía superar su energía cuando lo acometía un acceso de trabajo pero, de vez en cuando, se apoderaba de él la depresión y, durante días enteros, se quedaba recostado en el sofá del living, sin decir palabra o sin mover un músculo desde la mañana hasta la noche. En tales ocasiones, advertía una expresión tan soñadora y ausente en sus ojos, que podría haber supuesto que era adicto a algún narcótico, si la templanza y la decencia de toda su vida no hubieran vedado semejante idea.

[...] su celo por ciertos estudios era admirable y, dentro de límites excéntricos, sus conocimientos eran tan extraordinariamente amplios y detallados que sus observaciones me dejaban estupefacto. Sin duda, ningún hombre trabajaría tan duro u obtendría semejante información precisa, a menos que tuviera alguna finalidad bien concreta en mente. Los lectores ocasionales pocas veces se destacan por la exactitud de su aprendizaje. Ningún hombre carga su mente con asuntos pequeños, salvo que tenga algún buen motivo para hacerlo.

Su ignorancia era tan admirable como su conocimiento. Parecía no saber prácticamente nada de literatura, de filosofía ni tampoco de política contemporánea. [...] Mi sorpresa llegó a su apogeo cuando descubrí accidentalmente que ignoraba la teoría copernicana y la composición del sistema solar.

Sherlock, ilustrado

Las historias de Sherlock Holmes fueron publicadas inicialmente en el periódico "The Strand", donde aparecieron acompañadas por las ilustraciones de Sydney Paget.

Ilustración de "La aventura del carbunclo azul".

Ilustración de "La aventura de los tres estudiantes".

El mundo de Sherlock Holmes

◀

El Ku Klux Klan fue fundado en Tennesse el 24 de diciembre de 1865 por antiguos oficiales del ejército confederado, contra la igualdad racial impuesta por los republicanos.

▲

Soldados británicos leen en los periódicos las noticias sobre su próximo destino: la Guerra de los Bóers en África, de la cual participó como médico Arthur Conan Doyle.

◀

La ciudad de Londres a principios de siglo, durante una procesión.

Todas las aventuras en las que participó el detective

Estudio en escarlata

El signo de los cuatro

El sabueso de los Baskerville

Memorias de Sherlock Holmes, que incluye los relatos:

"Estrella de Plata"

"La cara amarilla"

"El escribiente del corredor de bolsa"

"La 'Gloria Scott'"

"El ritual de Musgrave"

"El jorobado"

"El enfermo interno"

"El intérprete griego"

"El tratado naval"

"El problema final"

Los cuentos de *Las aventuras de Sherlock Holmes* son:

"Escándalo en Bohemia"

"La liga de los pelirrojos"

"Un caso de identidad"

"El misterio del valle de Boscombe"

"Las cinco semillas de naranja"

"El hombre del labio retorcido"

"La aventura del carbunclo azul"

"La banda de lunares"

"El dedo pulgar del ingeniero"

"El solterón aristocrático"

"La diadema de Berilo"

"La finca de Cooper Beeches"

Sherlock Holmes sigue en pie contiene:

"El cliente ilustre"

"El soldado de la piel decolorada"

"La piedra preciosa de mazarino"

"Los tres gabletes"

"El vampiro de Sussex"
"Los tres Garrideb"

El archivo de Sherlock Holmes, que incluye los relatos:

"El problema del puente de Thor"
"El hombre que reptaba"
"La melena de león"
"La inquilina del velo"
"Shoscombe Old Place"
"El fabricante de colores retirado"

La reaparición de Sherlock Holmes, que contiene:
"La casa deshabitada"
"El constructor de Norwood"
"Los bailarines"
"El ciclista solitario"
"El colegio Priory"
"El 'Negro' Peter"

"Charles Augustus Milverton"
"Los seis napoleones"
"La aventura de los tres estudiantes"
"Los lentes de oro"
"El *rugbier* desaparecido"
"La Granja Abbey"
"La segunda mancha"

Su último saludo desde el escenario, que incluye los relatos:
"El pabellón Wisteria"
"La caja de Cartón"
"El círculo rojo"
"Los planos de 'Bruce Partington'"
"El detective moribundo"
"La desaparición de lady Frances Carfax"
"El pie del diablo"
"Su último saludo desde el escenario"

El valle del terror

El Museo Holmes

A partir de 1999,
el famoso detective tiene
su estatua en bronce, en
la estación Baker Street.

Representación de la
fachada del Museo
Holmes, que ostenta
el número 221B
de Baker Street.

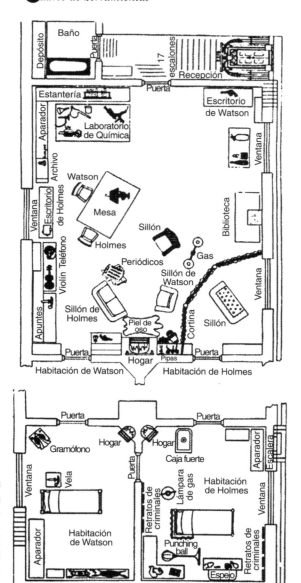

Las detalladas descripciones que brindan los cuentos de Conan Doyle permitieron reconstruir las habitaciones que rentaban el detective y su amigo, el doctor Watson.

▲ Reconstrucción del despacho de Holmes, en el museo dedicado al detective.

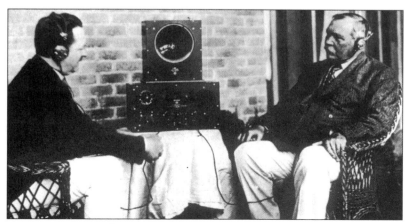

▲ Conan Doyle escuchando un programa radial con un amigo.

El caso Holmes en el cine

▲ Afiche de la película *Sherlock Holmes*, estrenada en 1932.

El actor Peter Cushing, caracterizado como el detective, en una película de 1959.

En el filme de 1939, Holmes fue representado por el actor Rathbone.

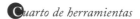

La versión televisiva

La serie fue producida por Granada Televisión. Se filmaron 26 capítulos con diferentes directores y guionistas.

◄

Jeremy Brett,
en el papel protagónico.

►

El actor David Burcke
se puso en la piel del
doctor Watson.

Un personaje muy popular

La figura de Holmes, en la etiqueta de una conocida marca de ginebra. ▼

▲ Ilustración de Gerardo Amezcurra, de 1987.

▶ Uno de los cromos de la serie "La marca de los cuatro", que *Chocolates Jaime Boix,* de Barcelona, regalaba para coleccionar.

Otros detectives famosos

◄

Edgar Allan Poe (1809-1849) es considerado fundador del relato policial por su obra "Los crímenes de la calle Morgue", relato de un misterioso doble asesinato resuelto por el investigador Dupin. Este personaje utilizaba el método deductivo y tenía unos excéntricos hábitos personales, características que fueron tomadas como modelo por otros autores.

►

Agatha Christie (1891-1976) fue la creadora de otro famoso detective: el belga Hércules Poirot. Su personaje resolvía los más difíciles enigmas con la sola ayuda de su razonamiento y su talento para interpretar la psicología de los criminales. A. Finney es Hércules Poirot en la versión cinematográfica de *Asesinato en el Expreso de Oriente.*

◄

Sam Spade, el investigador protagonista de El halcón maltés, la novela de Dashiel Hammet, se presenta como el prototipo del antihéroe. Es un romántico y un cínico, tan duro, interesado y despiadado como los delincuentes con los que se enfrenta. Humphrey Bogart interpretó a Sam Spade en la película (1941) basada en la novela, dirigida por John Huston.

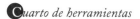

Una joya muy tentadora

Esto pasó
Un 2 de junio…

… de 1850 fue entregado a la reina Victoria de Gran Bretaña el diamante Koh-i-noor, la piedra preciosa más famosa del mundo.

En aquel momento, la piedra ya cargaba con una larga y violenta historia. Los primeros diamantes fueron hallados en la India y desde allí los romanos los llevaron a Occidente. De este lugar fue extraído en una fecha indeterminada un fabuloso diamante que, se asegura, pesaba 787 quilates sin tallar. Se cree que la piedra fue dividida en dos: una es el Orlov, que según algunos relatos fue robada por un soldado francés del ojo de un ídolo de la India y más tarde llegó a manos de la emperatriz Catalina de Rusia. La otra piedra sería el Koh-i-noor, que hacia 1304 estaba en poder del rajá de Malwa. Más tarde perteneció a Baber, quien fundó la dinastía mongol en 1526. Durante los siglos siguientes, el brillante fue considerado la joya entre las joyas del tesoro de los emperadores mongoles. En 1739, Nadir Shah, rey de Persia, invadió la India, saqueó el Palacio mongol y dio vuelta la ciudad buscando, entre otras cosas, el famoso diamante. Se afirma que una mujer del harén le

dijo que el emperador tenía escondido el diamante en su turbante. Nadir Shah invitó al emperador a un banquete y le propuso un cambio de turbantes como señal de amistad. El rey, obligado a elegir entre su cabeza y su diamante, le entregó el turbante. En la intimidad de su tienda, Nadir Shah desenvolvió el turbante y encontró el famoso Koh-i-noor o "Montaña de luz". Pero no iba a disfrutarlo mucho tiempo: en 1747 fue asesinado y se dice que su hijo fue torturado hasta la muerte para que entregara el diamante. En los años posteriores, la piedra tuvo varios dueños hasta que en 1849 los ingleses la ubicaron en la ciudad india de Lahore. En esa fecha fue entregada a la reina Victoria y, desde entonces, forma parte del tesoro real, adornando una de las coronas británicas.

Clarín, 2 de junio de 2000.

El *college*: una universidad diferente

▲ Universidad de Heidelberg.

▲ Cuarto de un estudiante en la universidad alemana.

▶

Oxford es una de las universidades más prestigiosas de Inglaterra. Comenzó a funcionar en el siglo XII y los *colleges* (colegios universitarios) fueron ideados originalmente como albergues para estudiantes de escasos recursos económicos. En la actualidad, Oxford cuenta con más de treinta de estos colegios universitarios.

▲ Biblioteca del Merton College, en Oxford.

▲ Salón del Magdalena College, en Oxford.

Bibliografía

• Si han quedado atrapados en el mundo del detective de Arthur Conan Doyle y tienen la posibilidad de navegar por Internet, pueden visitar:

www.sherlock-holmes.co.uk Es la página del Museo Sherlock Holmes de Londres.

www.mysterynet.com Aunque está en inglés, es un sitio muy bien diseñado, con dibujos y casos para resolver. Presenta novelas interactivas, literatura policial para chicos, foros de discusión, información sobre escritores clásicos del género y también plantea relaciones con series televisivas.

www.multired.com/arte/fecorde0/links.htm Es una página de enlaces con otros sitios que contienen información sobre policiales.

www.uole.com/semanal/arcon/nota Contiene datos biográficos de sir Arthur Conan Doyle.

• Si les gusta leer policiales, les recomendamos algunos títulos, para comenzar:

Christie, Agatha. *Diez negritos.* Buenos Aires, Planeta, 1991.

Conan Doyle, Arthur. *Estudio en escarlata.* Buenos Aires, Cántaro, 2001.

Conan Doyle, Arthur; Chesterton, Gilbert K. y Christie, Agatha. *El relato policial inglés.* Buenos Aires, Cántaro, 1999.

Walsh, Rodolfo. "La aventura de las pruebas de imprenta". En *Las pruebas de imprenta y otros textos.* Buenos Aires, Cántaro, 2001.

• Si quieren investigar sobre el género policial, pueden consultar:

Rivera, Jorge. "La narrativa policial". En *Las literaturas marginales.* Buenos Aires, Centro Editor de América Latina, 1972.

Link, Daniel. *El juego de los cautos.* Buenos Aires, La Marca, 1992.

❖

ÍNDICE

Literatura para una nueva escuela

Títulos publicados

Primera edición, cuarta reimpresión.
Esta obra se terminó de imprimir
en julio de 2012,
en los talleres de Impresiones Sud América,
Andrés Ferreyra 3769,
Ciudad Autónoma de Buenos Aires,
Argentina.